La brûlure d'une vengeance

ABBY GREEN

La brûlure d'une vengeance

Traduction française de
ANNE-LAURE PRIEUR

AZUR

HARLEQUIN

Collection : Azur

Titre original :
THE FLAW IN HIS RED-HOT REVENGE

HARPERCOLLINS FRANCE
83-85, boulevard Vincent-Auriol, 75646 PARIS CEDEX 13
Service Lectrices, tél. : 01 45 82 47 47 — www.harlequin.fr
ISBN 978-2-2804-6786-5 — ISSN 0993-4448

Composé et édité par HarperCollins France.
Imprimé en juin 2022 par CPI Black Print (Barcelone)
en utilisant 100 % d'électricité renouvelable.
Dépôt légal : juillet 2022.

MIXTE
Papier issu de sources responsables
FSC® C159065

Pour limiter l'empreinte environnementale de ses livres, HarperCollins France s'engage à n'utiliser que du papier fabriqué à partir de bois provenant de forêts gérées durablement et de manière responsable.

Prologue

Ashling Doyle inspira profondément, intimidée malgré elle. À quoi s'attendait-elle ? Elle s'incrustait à l'un des événements les plus prestigieux du calendrier mondain, au sein d'un grand hôtel historique de Londres. Même l'air respirait le luxe. Cachée derrière une plante en pot, elle ajusta sa perruque sur sa tête. Elle n'avait pas l'habitude de cette longue chevelure ondoyant sur ses épaules, ni de ce roux flamboyant qui la déstabilisait chaque fois qu'elle captait son reflet. Une porte s'ouvrit et un courant d'air glacial la fit frissonner. Rien d'étonnant dans cette tenue. Elle remonta vainement le bustier de sa petite robe noire sur sa poitrine. La longueur bien au-dessus du genou la mettait mal à l'aise, tout comme les sequins miroitant à chacun de ses mouvements.

Bonjour la discrétion.

Elle se tourna vers Carter, l'homme chargé de lui donner ses instructions, qu'elle venait tout juste de rencontrer.

— Toutes les femmes sont en robes longues, remarqua-t-elle. Ne vais-je pas détonner ?

Carter lui jeta un bref coup d'œil.

— Tu es très bien. Garde en tête que tu joues un rôle. Tu n'es pas une vraie invitée.

Inutile de le lui rappeler. Elle n'appartenait pas à ce monde privilégié. Jamais en temps normal elle ne côtoierait pareille assemblée. Si elle était là, c'était uniquement pour rendre service à une amie de son groupe de théâtre amateur qui était malade.

Elle observa la foule entre les feuilles.

— C'est lui ? Le grand brun là-bas ?

En smoking noir classique, il aurait dû passer inaperçu parmi tous les hommes vêtus de la même façon. Pourtant, il sortait du lot. Et pas seulement parce qu'il dépassait tout le monde tant en stature qu'en carrure. Non, c'était quelque chose qui émanait de lui, perceptible même de là où elle se tenait. Une aura de pouvoir. Un puissant sex-appeal.

— Oui, c'est lui avec la femme blonde…

Le malaise d'Ash s'accentua. Il n'était pas censé être avec quelqu'un.

— Vas-y, c'est le moment.

Sans crier gare, Carter la poussa hors de sa cachette. Ash hésita.

— Si tu laisses passer ta chance, tu ne seras pas payée, souffla-t-il dans son dos.

Le ventre d'Ash se noua. Elle avait besoin de cet argent pour compléter sa formation de professeur de yoga, ou jamais elle ne s'établirait à son compte. Prenant son courage à deux mains, elle se fraya un chemin à travers la foule jusqu'à se retrouver juste derrière sa cible.

De près, il était encore plus impressionnant. Il devait bien la dépasser d'une tête et demie, malgré ses talons rehaussant son mètre soixante-cinq. Son smoking épousait sa silhouette à la perfection, comme seul du sur-mesure savait le faire. Ash ignorait qui il était, sinon l'objet du script qu'elle avait reçu. Tout cela n'était qu'une farce, lui avait-on assuré. Une farce plutôt élaborée. Mais n'était-ce pas typique des riches de tromper ainsi leur ennui, simplement parce qu'ils en avaient les moyens ?

Quoi qu'il en soit, ce n'était pas en restant plantée là qu'elle allait remplir sa part du contrat. Nerveusement, elle contourna l'homme de manière à lui faire face… et perdit toute faculté cérébrale. *Seigneur.* Il était à couper le souffle ! Tout en lui exsudait une virilité ténébreuse, des cheveux bruns aux yeux de jais en passant par les pommettes saillantes et la mâchoire volontaire, adoucies par une bouche étonnamment sensuelle. Il souriait à la blonde à ses côtés, mais son sourire se figea lorsqu'il la vit. Son regard erra sur sa tenue, choisie dans le but de produire exactement cet effet, réalisa Ash. Elle jurait telle une breloque de pacotille à côté d'une rivière de diamants. Pas besoin de s'y connaître pour deviner que le fourreau blanc haute couture que portait la femme blonde provenait d'un des meilleurs ateliers de Paris.

Tiens-t'en au script et pars.

S'arrachant à sa transe, elle se concentra sur son rôle et s'accrocha au cou de l'homme.

— Te voilà enfin, chéri ! Je t'ai cherché partout !

Elle l'embrassa sur la mâchoire, seule partie de son visage qu'elle parvenait à atteindre, même sur la pointe des pieds. Sa barbe de trois jours lui râpa les lèvres. Son odeur était étourdissante – une odeur boisée, mâtinée d'une touche exotique. Mais c'est son corps contre le sien, véritable mur de muscles, solide et inflexible, qui libéra une vague de chaleur dans son ventre. Plus qu'une vague, un tsunami. L'intensité de sa réaction la choqua.

L'homme dénoua ses bras de son cou, sans pour autant la lâcher. La fureur assombrissait son visage.

— Qui êtes-vous ? Je ne vous ai jamais vue de ma vie !

Ash n'eut pas besoin de feindre son désarroi. Il ne lui faisait pas mal, mais son expression horrifiée la bouleversait sans qu'elle s'explique pourquoi. C'était absurde ! N'était-ce pas justement la réaction qu'elle était censée susciter ? Ses yeux s'embuèrent malgré elle tandis qu'elle insistait d'une voix plaintive :

— Mais, chéri… Hier soir a été la plus fabuleuse nuit de mon existence. Tu m'as dit que j'étais spéciale. Comment peux-tu prétendre ne pas me connaître ?

L'espace d'une seconde, elle se demanda ce que cela ferait d'entendre un tel homme lui murmurer qu'elle était spéciale… avant de se sermonner vertement. Ce n'était pas le moment de fantasmer ! Elle n'était pas à sa place ici, parmi ces gens. Ce monde l'avait rejetée et elle le lui rendait bien.

La femme en blanc avait pâli. Étaient-ils ensemble ? Trop tard pour s'en préoccuper. Les dés étaient jetés.

— De quoi parlez-vous ? Je ne vous connais pas !

L'homme paraissait totalement décontenancé. Il la toisa d'un regard méprisant.

— Jamais je n'approcherais une femme comme vous…

Ash serra les dents. Un goût amer lui emplissait la bouche. Avancer vers un homme au milieu de la foule. Lui tapoter l'épaule. Elle avait déjà vécu cela… L'homme ne l'avait pas reconnue. Elle avait dû expliquer à son père que c'était elle, Ashling. Sa fille illégitime. D'abord, il n'avait eu aucune réaction. Puis compréhension et horreur s'étaient succédé sur ses traits. Il l'avait agrippée sans ménagement pour l'entraîner à l'écart. Hors de vue.

Ash chassa ce souvenir. Elle s'en voulait de se laisser affecter si facilement. Mais c'était plus fort qu'elle. La réaction de cet inconnu la blessait, d'autant que son charisme ne la laissait pas indifférente. D'instinct, elle dégagea ses bras. Passé et présent s'enchevêtraient, de sorte que son rôle lui était totalement sorti de la tête lorsqu'elle siffla :

— Je vois… Devant tes amis, je ne suis plus assez bien, c'est cela ?

L'homme pinça les lèvres.

— Qu'est-ce que vous racontez ? Vous n'avez rien à faire ici.

Pour Ash, ce fut la goutte de trop. Les mots se bousculaient sur ses lèvres, sans qu'elle sache d'où ils venaient.

— Ah, c'est vrai, parler n'est pas ton fort. Mais me faire crier, ça, oui. Combien de fois, déjà ? Trois ? Quatre ? Tu m'as dit que j'étais le meilleur coup que tu aies jamais eu !

Il y eut une exclamation étouffée. La femme blonde ? Ash n'avait d'yeux que pour l'inconnu, captive de son regard d'ébène. Un courant d'air la fit frissonner. Peu à peu, elle reprit ses esprits. Elle était complètement sortie du script. Dans quelques secondes, elle serait démasquée si elle ne réagissait pas.

— Je vois que je ne suis pas la bienvenue, dit-elle, le menton levé. Juste bonne à réchauffer ton lit, pas à apparaître à ton bras.

Les larmes lui brouillaient la vue. Elle ne jouait plus. Son humiliation était bien réelle.

— Tu t'ennuyais, alors tu t'es servi de moi, n'est-ce pas ? Eh bien, sache que je vaux mieux que cela.

Sur ces mots, elle tourna les talons et fendit la foule silencieuse, en proie à une violente émotion.

Dans la suite où elle s'était changée pour son rôle, Carter l'attendait. Elle arracha le micro dissimulé dans son bustier et le lui rendit. L'énormité de ce qu'elle avait fait commençait à la rattraper. Elle en avait la nausée.

— Bien joué. L'improvisation était parfaite, la félicita Carter. Peut-être te réengagerons-nous, à l'occasion.

Cette seule pensée la rendit malade.

— J'ai accepté le rôle uniquement pour rendre service à Sarah. Ce n'est pas vraiment ma spécialité.

À vrai dire, elle n'était pas sûre de continuer le théâtre amateur après cela. L'homme promena les yeux sur elle d'une façon qui lui déplut.

— Dommage. Tu es douée.

Il lui tendit une enveloppe remplie de liquide.

— Si cela peut te faire changer d'avis…

Ash regarda l'enveloppe, soudain réticente à l'accepter. Cet argent lui semblait sale. La récompense d'un acte honteux.

— C'était censé être une plaisanterie… Ce n'est pas l'effet que cela m'a fait.

L'homme plissa les yeux.

— C'est toi qui en as rajouté. Tu n'avais que deux lignes à dire avant de t'en aller.

Sa nausée redoubla. Il avait raison. Elle en avait trop fait car elle ne s'attendait pas à être autant affectée par cet homme. Pourquoi avait-elle pris personnellement sa réaction méprisante ?

— D'ailleurs, c'est qui, ce type ? demanda-t-elle.

Carter haussa les épaules.

— Juste un milliardaire quelconque. Crois-moi, il t'a déjà oubliée.

Cette remarque la blessa dans son orgueil.

— Alors pourquoi engager une fille comme moi ?

L'expression de Carter se durcit.

— Quand un client engage un de mes acteurs pour un événement privé, je ne pose pas de questions. Va savoir pourquoi les gens font ce qu'ils font ? Ce genre de rôle, c'est de l'argent facilement gagné, non ?

Il lui fourra l'enveloppe dans la main.

— Si tu veux remettre cela, tu sais où me trouver.

Peu après, Ash quittait l'hôtel, débarrassée de sa perruque et de sa robe aguichante. Mais sa mauvaise action pesait sur sa conscience, et l'argent dans sa poche l'écœurait. Alors qu'elle passait devant un refuge pour sans-abri, elle entra sans réfléchir et donna l'enveloppe au bénévole en charge. L'homme ouvrit des yeux éberlués.

— Merci, mademoiselle. Mais… vous êtes sûre ?

Elle acquiesça et prit la fuite, résolue à laisser derrière elle cette horrible expérience. Par chance, le mystérieux inconnu et elle vivaient dans deux mondes diamétralement opposés. Elle ne risquait pas de le recroiser un jour.

1.

Quatre ans plus tard

Ash marchait d'un pas pressé dans la rue paisible de Mayfair, toisée par ses rangées d'élégantes façades en stuc. Leurs fenêtres étaient comme autant d'yeux la condamnant d'oser souiller ce quartier chic de Londres de sa personne débraillée. L'angoisse la rongeait depuis que sa meilleure amie Cassie lui avait demandé un service. Rien de bien méchant : juste un smoking à récupérer au pressing et déposer chez son patron. Comment lui refuser cela ? L'assistante de Cassie était malade et son amie stressait à l'aube d'un voyage d'affaires de deux semaines aux États-Unis. Et puis, elle n'aurait pas compris pourquoi Ash rechignait à une tâche aussi banale.

Ce que Cassie ignorait, c'était que cela n'avait rien de banal pour elle. Depuis que son amie avait commencé à travailler chez Temple Corp, gravissant les échelons jusqu'au poste d'assistante exécutive, Ash avait toujours trouvé une excuse pour ne pas aller la voir à son bureau, ni assister au moindre événement lié à son travail. Cassie attribuait cela à son dédain pour le monde des affaires et son sens rigide de la hiérarchie. Mais la vraie raison était qu'elle faisait tout pour éviter son patron.

Zachary Temple.

L'un des financiers les plus puissants de la City. Temple Corp écrasait toute concurrence, servi par des tactiques innovantes et une ambition que rien n'arrêtait. Zachary Temple était l'homme à qui le gouvernement faisait appel en cas de besoin. L'homme qui d'un claquement de doigts pouvait faire s'effondrer des économies entières. Il n'investissait que dans les sociétés qu'il jugeait dignes d'intérêt. Mais surtout, il était l'homme qu'Ash avait piégé quatre ans plus tôt, alors qu'elle n'était qu'une étudiante de vingt ans, membre d'une troupe de théâtre amateur.

Elle n'avait découvert son identité que lorsque Cassie lui avait montré une photo dans le journal en s'exclamant :

— C'est lui ! C'est mon nouveau patron !

Ash avait parlé à son amie de cette fameuse soirée. Mais elle ignorait alors le nom de sa victime. En voyant le cliché, elle avait eu si honte qu'elle n'avait pas eu le courage de lui dire la vérité. Comment lui avouer que son employeur était la personne qu'elle avait publiquement humiliée sans raison ? Depuis, elle culpabilisait chaque fois que Cassie mentionnait Temple avec un profond respect.

— Il faudrait que je te le présente, un jour, répétait-elle. Je suis sûre que cela ferait des étincelles entre vous !

D'après elle, Zachary Temple était quelqu'un de très minutieux. Il avait le souci du détail, tant au travail que dans sa vie privée. Apparemment, il sélectionnait avec soin ses maîtresses, et aucune ne durait bien longtemps. Ash la croyait volontiers. Elle se rappelait la femme à ses côtés ce soir-là. Une blonde sculpturale. Élégante. Raffinée. Tout ce qu'elle-même n'était pas.

Ash ralentit devant sa destination. La villa de Temple se dressait devant elle, détachée des autres. Une maison non mitoyenne en plein cœur de Londres devait valoir une petite fortune ! Aux dires de Cassie, il possédait également une résidence secondaire à la campagne, ainsi qu'un penthouse à Manhattan et un pied-à-terre à Paris. Ash, elle, ne gagnerait sans doute jamais de quoi s'acheter même un modeste studio. Oh ! elle subvenait à ses besoins et était fière de son indépendance. Mais l'argent arrivait par à-coups, en raison de sa myriade de sources de revenus.

Une sueur froide perla entre ses omoplates à l'idée de revoir Zachary Temple. Et s'il la reconnaissait ? Non, c'était peu probable. Avec ses cheveux blonds mi-longs attachés en queue-de-cheval, sans maquillage et en tenue de sport, elle n'avait rien de commun avec son personnage d'il y a quatre ans. Le souvenir la fit grincer des dents. De quoi avait-elle eu l'air parmi toutes ces femmes sublimes dans leurs longues robes de soirée ?

Ash gravit les marches du perron, le smoking à la main. Elle était en retard. De quoi confirmer sa réputation de tête en l'air, qu'elle avait toujours trouvée injuste avant que Cassie n'énumère les innombrables occasions où elle avait démontré son étourderie. Comme quand elle lui avait posé un lapin sans le faire exprès, captivée par le roman qu'elle lisait. Ou quand elle avait oublié de racheter du lait. Ou encore toutes les fois où elle avait manqué son arrêt de bus parce qu'elle rêvassait.

Ash considérait la large porte noire devant elle, flanquée de deux arbres en pots, quand la porte s'ouvrit sur un majordome à la mine sévère.

— Bonsoir, je suis Ashling Doyle, l'amie de Cassandra James, l'assistante de M. Temple. J'ai son smoking.

Elle désigna la housse de protection dans sa main. Le majordome eut une imperceptible grimace en s'en emparant.

— Enfin. Vous êtes en retard.

— Peters, quelqu'un a frappé ? Est-ce ce fichu smoking ?

La voix tranchante fit tressaillir Ash. Elle avait espéré ne pas le voir… Mais Zachary Temple se matérialisa derrière le majordome, qu'il dépassait d'une tête.

— Oui, monsieur, c'est votre smoking. Je le monte dans votre chambre. Votre voiture sera là dans quinze minutes.

Ash resta paralysée devant Zachary Temple, toujours aussi séduisant. Elle se faisait l'effet d'une biche prise dans les phares d'une voiture. L'expression de ses yeux était indéchiffrable, exactement comme il y a quatre ans. Il ne semblait pas l'avoir reconnue. Ash ne savait si elle était soulagée ou déçue. *Soulagée, bien sûr*, se sermonna-t-elle. Il avait l'air plus grand que dans son souvenir. Plus large d'épaules. Ses biceps tendaient le tissu de ses manches et le bouton de col ouvert dévoilait la colonne bronzée de sa gorge. Le polo noir soulignait sa musculature d'athlète. Bien que coupés très court, ses cheveux tendaient à boucler sur sa nuque. Pour une raison inexplicable, ce détail fit battre son pouls plus vite. Elle se rappelait sa mâchoire carrée, rugueuse contre ses lèvres quand elle l'avait embrassée…

— Entrez. Vous avez l'air en nage.

La voix de Temple la ramena au présent. Elle avait quasiment couru depuis la station de métro, et il faisait encore près de trente degrés en cette chaude soirée d'été. Son allure devait laisser à désirer. En legging, brassière de sport et débardeur lâche, il y avait peu de chances qu'il la reconnaisse. Mais elle préférait ne prendre aucun risque.

— Inutile. Je suis juste venue déposer votre smoking.

— Vous êtes en retard d'une heure, observa Temple avec un coup d'œil éloquent à sa montre.

Ash se remémora sa façon de la regarder de haut en bas… « Jamais je n'approcherais une femme comme vous. » Elle se mordit la lèvre. Une habitude quand elle était nerveuse.

— Désolée. Je devais passer après mon cours, mais…

— Vous donnez des cours ? fit-il, les sourcils froncés.

— Oui, de yoga. Une de mes élèves a eu une attaque de panique. Je suis restée jusqu'à ce que son petit ami vienne la chercher. Je n'allais pas la laisser seule dans son état.

Temple arqua un sourcil avec un air cynique.

— Un cours de yoga n'est-il pas censé avoir l'effet inverse ?

— Tout dépend. Ce genre de séance libère parfois beaucoup d'émotions refoulées.

Il la regarda comme si elle avait parlé une autre langue, avant de s'écarter de la porte.

— Entrez au moins boire un verre d'eau.

Sa raison lui soufflait de décliner poliment. Avec un peu de chance, elle ne le reverrait plus jamais. Mais elle franchit le seuil de la villa de Zachary Temple.

Une fraîcheur bienvenue régnait dans le vaste vestibule. Le sol en marbre noir et blanc y était sans doute pour quelque chose. Le soleil se réfractait dans les cristaux d'un immense lustre, projetant un arc-en-ciel de reflets iridescents. Temple ferma la porte derrière eux et les bruits de la ville se turent. Communiquait-il par télépathie avec son personnel ? Une domestique apparut de nulle part et lui tendit un verre d'eau glacée agrémenté d'une tranche de citron. Ash ne l'avait pas plus tôt remerciée qu'elle s'éclipsa comme elle était venue.

Ash avala une gorgée pour apaiser ses nerfs. La froide impassibilité de Temple la déstabilisait. Elle était d'un caractère pétulant, habituée à mettre son entourage à l'aise. C'était l'avantage d'avoir beaucoup bougé enfant et grandi auprès d'une mère ayant le contact facile. Elle risqua un coup d'œil vers Temple, qui la fixait comme si elle était une extraterrestre. Rien d'étonnant à cela. Il côtoyait des gens d'un autre standing. Cassie, par exemple, n'apparaîtrait jamais devant lui autrement que tirée à quatre épingles.

— Vous vivez avec Cassie... Vous vous connaissez depuis longtemps ?

Ash maudit son amie de lui avoir demandé ce service.

— Oui, depuis nos huit ans. Ma mère travaillait pour son père comme gouvernante. Nous avons habité ensemble pendant cinq ans.

Elle se mordit la lèvre.

— Enfin, pas vraiment « ensemble », se reprit-elle. Ma mère et moi vivions dans l'appartement des domestiques au sous-sol. Mais Cassie ne m'a jamais traitée en inférieure, même si elle fréquentait une riche école privée, et moi, un simple établissement public...

Seigneur, qu'est-ce qui lui prenait de raconter sa vie ?

— Mais je vous ai assez retenu comme cela, monsieur Temple. Encore désolée pour le retard.

Elle avala son eau glacée, si vite que le froid lui donna mal à la tête. Regardant autour d'elle, elle ne vit nulle part où poser son verre.

— Donnez-le-moi, dit Temple.

Leurs doigts s'effleurèrent lorsqu'elle le lui tendit. Ce contact fugace lui fit l'effet d'une décharge électrique. Elle retira vivement sa main, comme si elle s'était brûlée.

— Maintenant que j'ai mon smoking, il me manque toujours une assistante, remarqua-t-il.

Ash le dévisagea sans comprendre.

— Gwen, qui devait m'accompagner ce soir pour prendre des notes, est toujours malade…

C'était justement à cause de cela qu'elle se retrouvait embarquée dans cette galère.

— Vous, par exemple, sauriez-vous vous en sortir ?

— Bien sûr. J'ai travaillé comme secrétaire pendant un temps, répondit-elle sans réfléchir.

— Parfait. Vous la remplacerez donc ce soir.

— Vous voulez que je vous accompagne à votre réception ? s'exclama-t-elle, incrédule.

C'était totalement absurde ! Elle était censée éviter cet homme à tout prix, pas s'afficher avec lui ! Plus elle s'attardait, plus elle courait le risque d'être reconnue.

— Vous avez rendu service à Cassie en m'apportant mon smoking. *En retard*, appuya Temple. Autant continuer sur votre lancée.

Ash hésita. Elle n'avait aucun projet pour la soirée, autre que profiter d'un bon livre. Mais Temple était le patron de Cassie et son retard l'avait contrarié. Un nouvel exemple de son manque de fiabilité que son amie ne manquerait pas de relever. Si elle acceptait de remplacer Gwen, ses torts seraient réparés et tout rentrerait dans l'ordre, non ?

— Hum, si vous avez vraiment besoin de quelqu'un…

Temple la détailla de haut en bas.

— Avez-vous quelque chose à porter ? La tenue de soirée est exigée.

Ash s'empourpra en se remémorant sa petite robe noire d'il y a quatre ans. Trop courte. Trop moulante. Trop décolletée. Par chance, Cassie devait assister à un mariage branché à son arrivée à San Francisco. En tant que styliste autoproclamée, Ash lui avait soumis une sélection de tenues parmi lesquelles faire son choix. Elle avait encore les robes non retenues dans son sac, qu'elle comptait rapporter à la boutique vintage où elle les avait empruntées. Cassie et elle faisaient à peu près la même taille. Cela devrait aller.

Elle aurait pu se défiler. Après tout, qui se promenait par hasard avec une robe de soirée sur soi ? Mais sa profonde honnêteté et son désir de se racheter auprès de son amie prirent le dessus.

— Une robe de cocktail ferait-elle l'affaire ?

— Je suppose. Venez vous préparer.

Elle suivit Temple dans le majestueux escalier en marbre. Impossible de détacher les yeux de son large dos. De ses hanches étroites. De ses fesses musclées qu'épousait le pantalon noir… Absorbée par la vue, elle n'avait pas remarqué qu'ils étaient arrivés dans un couloir sur lequel donnaient plusieurs portes. Il ouvrit l'une d'elles et s'écarta.

— Vous pouvez vous changer ici.

Ash entra, bouche bée devant l'opulence de la pièce. La voix de Temple s'éleva derrière elle :

— Vous ai-je déjà vue quelque part ? Avec Cassie, peut-être ?

Ash prit une seconde pour se ressaisir avant de lui faire face.

— Non, jamais.

Techniquement, ce n'était pas un mensonge. Elle n'était pas avec son amie quand elle l'avait rencontré. Temple la dévisagea d'un air pensif, puis consulta sa montre.

— Vous avez quinze minutes. Rejoignez-moi quand vous serez prête.

Restée seule, Ash poussa un soupir de soulagement. Il ne se souvenait pas d'elle. Restait à survivre à cette soirée, en priant pour que rien ne vienne lui rafraîchir la mémoire.

Zachary Temple faisait les cent pas dans le vestibule. La colère bouillonnait dans ses veines. Autre chose aussi, plus déconcertant…

À la seconde où il l'avait vue sur le perron, il l'avait reconnue, même sans sa longue chevelure rousse. Jamais il n'oublierait ce visage innocent. Ces grands yeux d'un bleu limpide. Cette bouche charnue qui n'avait cessé de le hanter depuis. Comment avait-il réussi à contenir sa rage ? Il l'ignorait. La dernière fois qu'il avait autant pris sur lui remontait à l'adolescence, quand les brutes de l'école le harcelaient parce qu'il n'était pas de leur monde.

Ashling Doyle. C'était donc elle, la mystérieuse inconnue surgie de nulle part quatre ans plus tôt, et disparue comme elle était venue, non sans lui avoir enseigné une précieuse leçon : toujours rester sur ses gardes.

Ce soir-là, Zach avait été publiquement humilié. Toutes ces années de travail acharné pour faire ses preuves avaient failli être réduites à néant. Sa réussite était encore fragile, alors, vulnérable à la moindre attaque. Par la suite, il avait dû redoubler d'efforts pour redorer son blason et regagner la confiance de ses pairs.

Jamais il n'aurait cru que l'amie dont Cassie parlait avec tant d'affection ne fasse qu'une avec l'inconnue qui avait semé un tel chaos dans son sillage. Les deux femmes se connaissaient depuis l'enfance. Qu'est-ce que cela disait de Cassie ? Il avait toute confiance en son assistante. Mais si une telle femme était son amie… Son sang se glaça. Était-elle au courant depuis le début ? Soudain, il regrettait sa proposition à Ashling Doyle. S'amuser avec elle était tentant, mais il avait mieux à faire. Il aurait dû tout de suite mettre les points sur les *i*…

Un frou-frou de tissu interrompit ses réflexions. Lentement, il se retourna. Une femme se tenait en haut de l'escalier dans une élégante robe de soie noire. L'espace d'une seconde, il se demanda qui elle était, tant la métamorphose était spectaculaire. Elle se mit à descendre les marches avec précaution, perchée sur des talons vertigineux. Le regard de Zach remonta le long de ses jambes pour s'attarder sur la cuisse galbée révélée par la fente de la robe. Disparus, l'horrible legging rose en lycra, le débardeur jaune et la brassière de sport d'un violet encore plus criard. La soie noire ceignait sa taille de guêpe et ses seins, avant de partir en drapé sur une épaule, laissant l'autre dénudée. Ses cheveux relevés en chignon faisaient ressortir la finesse de ses traits, mis en valeur par un maquillage subtil. Les longs cils noirs, en particulier, agrandissaient encore ses yeux.

Mais c'était sa bouche qui captivait Zach. Une bouche qu'il n'avait jamais oubliée. Le sang bourdonnait à ses tempes. *De colère, pas de désir.* Pourquoi devrait-il être surpris ? N'était-elle pas une experte en déguisement ? La jeune femme semblait nerveuse… Si elle croyait le duper encore une fois, elle s'apprêtait à tomber de haut.

— J'ai laissé mes affaires dans la chambre, dit-elle. Je ne savais pas quoi en faire.

Zach devint aussitôt soupçonneux. Elle cherchait déjà à tirer avantage de la situation. Il avait vu juste. Combien de temps ferait-elle durer cette comédie ?

— Vous avez bien fait. Vous les récupérerez plus tard, ou nous les ferons déposer chez vous.

Quelle actrice ! Très convaincant, son petit numéro.

— Mon chauffeur nous attend, annonça-t-il.

Lorsqu'elle le dépassa, un discret parfum de rose l'enveloppa, relevé d'une touche plus épicée trahissant la sensualité qui se cachait sous ses airs innocents. Il était rare qu'on réussisse à le surprendre. Leur rencontre n'avait duré que quelques minutes, quatre ans plus tôt, mais il n'avait jamais oublié son visage, ni la sensation de son corps pressé contre le sien. De ses lèvres sur sa mâchoire. Et ce parfum si délicat…

Elle lui avait paru différente de toutes ces femmes qui le courtisaient depuis qu'il avait réussi. Depuis qu'il était devenu un bon parti. C'était ce qu'Ashling Doyle lui avait rappelé, ce soir-là. Qu'il serait toujours une cible. Elle n'avait aucune idée des répercussions de son acte.

Mais elle le saurait bien assez tôt.

2.

Le cœur d'Ash cognait à tout rompre. Descendre ce fichu escalier avait exigé toute sa concentration. Quelle honte si elle s'était étalée de tout son long aux pieds de Zachary Temple ! Sous son regard perçant, un frisson l'avait parcourue. De peur qu'il la reconnaisse, en aucun cas parce qu'elle aimait qu'il la regarde.

Il n'avait pas dit un mot lorsqu'elle l'avait rejoint. Au fond, ne péchait-elle pas par vanité ? Pourquoi se souviendrait-il d'elle après quatre ans, lui qui ne fréquentait que les plus belles femmes du monde ? Quelle impression aurait-elle pu lui laisser, sinon celle d'un insecte agaçant qu'on chasse d'un geste de la main ? Elle n'était pas son type. Le coup d'œil qu'il avait jeté sur la fleur à sa hanche… Oh ! elle le connaissait, son genre de femmes. Grandes, sveltes, raffinées. Des beautés froides exsudant classe et sophistication, qui n'accrochaient pas de fleur à leur robe pour l'égayer. Des personnes de bonne éducation, dont l'intellect rivalisait avec le sien. Nées comme lui dans ce monde où les classes inférieures n'avaient pas leur place. Elle devrait pourtant le savoir.

Ces femmes-là héritaient de leur réussite. Leur CV ne comportait aucun trou, ni ne listait une ribambelle d'emplois différents comme ceux qu'elle-même avait occupés. Mais Ash n'avait-elle pas toujours défié les conventions ? Sa mère lui avait appris à être indépendante et à croire en elle-même. Elle avait été élevée à l'école de la vie, passant d'une maison luxueuse des beaux quartiers de Londres à une éco-communauté dans l'ouest de l'Irlande. Suivre la norme n'était pas la priorité de sa mère. Angela Doyle était une incurable romantique, qui avait mis longtemps à se relever après avoir été abandonnée par le père d'Ash.

Mais le moment était mal choisi pour ruminer son manque de qualifications. Elle accompagnait l'un des géants de l'industrie du pays à une importante soirée mondaine. À elle de ne commettre aucun impair. En provoquant un incident, par exemple. Ou en trahissant son secret.

Elle coula un regard vers Temple. Elle avait beau l'avoir déjà vu en smoking, l'impact n'en était pas pour autant diminué. Même après quatre ans. Il irradiait une virilité brute, sans concession. Il n'y avait aucune douceur en lui, ni dans ses traits, ni dans son corps taillé à la serpe. En le voyant de l'escalier, elle avait dû se raccrocher à la rampe. Pourquoi aucune notice ne prévenait des effets secondaires de cet homme ? *Attention, peut provoquer vertiges et palpitations.*

Il tourna la tête, comme s'il avait senti son regard sur lui. La chaleur dans sa poitrine afflua à ses joues.

— De quel genre d'événement s'agit-il ? s'enquit-elle, soucieuse de donner le change.

— Une cérémonie de remise de prix à de jeunes entrepreneurs.

— Ah. Cool.

Il arqua un sourcil.

— Cool ?

— Je veux dire, cela devrait être intéressant. Promouvoir une nouvelle génération de talents… Votre future concurrence ?

Les lèvres de Temple esquissèrent un imperceptible sourire. Ou avait-elle rêvé ?

— Ma concurrence ? Aucun risque.

Elle aurait cru à une plaisanterie s'il n'avait affirmé cela d'un ton si pragmatique. C'était moins de l'arrogance qu'une certitude empirique. Du reste, il ne plaisantait jamais. Cassie lui avait parlé de son addiction au travail. Cet homme avait sa vie déjà toute tracée. Une telle rigidité la faisait fuir, d'habitude. Mais chez lui, elle l'intriguait.

— Qu'attendez-vous de moi ce soir ? demanda-t-elle.

— Que vous ouvriez vos yeux et vos oreilles. Écoutez, observez… et prenez des notes.

Il la dévisagea avec attention.

— Vous avez dit donner des cours de yoga ? Juste cela ? Ce doit être difficile de joindre les deux bouts.

Ash frissonna. À cause de l'air conditionné, pas de son regard scrutateur.

— Non, pas *juste* cela, répondit-elle, sur la défensive. C'est mon activité principale, mais je suis aussi serveuse dans un café et styliste pour certaines clientes.

Des amies. C'était Cassie qui lui avait conseillé de parler de « clientes » pour faire plus sérieux.

— Quelques heures par semaine, je m'occupe d'une vieille dame de mon immeuble, continua-t-elle. Je lui fais ses courses, son ménage, ce genre de choses.

— C'est tout ?

L'ironie de Temple l'agaça.

— Non, j'ai également suivi une formation de chef. Dois-je vous imprimer un CV ?

Une tension s'installa entre eux, chargée de quelque chose qu'Ash ne comprenait pas et qui la rendait nerveuse. Temple finit par rompre le silence.

— Nous y sommes, annonça-t-il.

Ash tourna la tête. La voiture venait de s'arrêter devant l'un des musées les plus emblématiques de Londres. Vedettes, politiciens et grands noms des affaires foulaient le tapis rouge, sous les flashs des paparazzis massés derrière les cordons de sécurité. Encore une expérience inédite à ajouter à sa collection… Elle s'efforça de contenir sa nervosité tandis que le chauffeur lui ouvrait la portière. Temple l'attendait déjà dehors. Elle regarda la main qu'il lui tendait, réticente à le toucher. À raison. À peine leurs doigts s'effleurèrent-ils qu'une onde brûlante fusa dans son bras. Sa paume était calleuse, nota-t-elle. Étrange pour quelqu'un qui passait ses journées derrière un bureau.

Pendant un moment, il se contenta de la fixer, avant de se décider à lâcher sa main.

— Restez près de moi, murmura-t-il.

Oh ! elle y comptait bien. Elle se sentait submergée. De tous côtés, des paparazzis criaient aux invités de tourner la tête et sourire. Quelqu'un interpella Temple, mais il l'ignora, fendant la foule sans se préoccuper de personne. Ils atteignaient l'extrémité du tapis rouge quand on la bouscula par derrière, juste au moment où Temple se retournait. Son corps freina sa chute. C'était comme heurter une montagne. Le choc lui coupa le souffle.

— Tout va bien ? demanda-t-il en la saisissant par les épaules.

Ash hocha la tête, malgré la brusque explosion de chaleur dans tout son être. Exactement comme ce soir-là. Elle avait cru l'avoir imaginé, quatre ans plus tôt. Mais non, c'était bien réel. Aucun homme ne lui avait jamais fait un tel effet.

Ses mains étaient toujours plaquées contre son torse. Un réflexe pour ne pas tomber. Elle les retira précipitamment, le visage en feu. Pas seulement le visage… À croire que l'incendie s'était propagé entre ses cuisses. Elle se sentait à l'étroit dans son bustier. Ses seins étaient lourds, leurs pointes tendues contre la fine soie, sans soutien-gorge pour faire barrière.

Elle détourna les yeux.

— Désolée. Je… j'ai perdu l'équilibre.

Temple la fixait sans bouger, comme si le temps s'était suspendu. Le sang d'Ash se glaça.

L'avait-il reconnue ?

Après un moment, il s'écarta pour la laisser passer devant lui. *Cesse d'être parano !* se tança-t-elle. Une main dans son dos, Temple la poussa à l'intérieur du somptueux musée, où une centaine de personnes échangeaient déjà en petits groupes en sirotant leurs coupes de champagne.

Inspirant profondément, Ash plongea dans l'inconnu.

Zach fulminait intérieurement. Elle jouait avec lui ! Ce petit numéro à l'instant avait eu pour seul but de presser son corps contre le sien. Une technique éprouvée quatre ans plus tôt, quand elle lui avait fait perdre ses moyens de la même façon, juste assez longtemps pour porter son attaque et disparaître. Alors pourquoi sa main refusait-elle de quitter le creux de son dos ? Qu'elle ait toujours autant d'emprise sur lui l'exaspérait. Il connaissait sa duplicité. Comment pouvait-il encore se faire avoir ? Quant à la myriade de professions qu'elle avait prétendu exercer… Un mensonge, sans aucun doute. Destiné à cacher sa véritable activité : escroc.

Mais il savait à qui il avait affaire, désormais. Il ne tomberait plus dans le panneau, ni ne la laisserait lui filer entre les doigts.

Ash s'assit avec un soupir de soulagement. Prendre des notes pour Temple n'était pas de tout repos. Combien de flagorneurs avaient défilé devant lui, avides de s'attirer ses bonnes grâces ? Le frisson de côtoyer le gratin londonien s'était rapidement dissipé. Cet homme était infatigable, à tel point qu'elle avait dû redoubler d'énergie pour suivre le rythme. Les femmes s'agglutinaient telles des mouches autour de lui. Toutes grandes et sublimes, sûres de leur pouvoir de séduction. Ash était à la fois intimidée et fascinée. Aucune ne lui avait prêté la moindre attention. C'est dire si elle ne représentait aucune menace.

Elle étouffa un bâillement, tout en ôtant discrètement ses chaussures sous la table. Elle était levée depuis 5 heures ce matin. Sa journée avait été bien remplie et riche en émotions. Le traumatisme de revoir Temple, la terreur d'être reconnue…

— Sommes-nous donc si rasoir ?

Ash leva la tête vers Temple, surgi de nulle part.

— Désolée, dit-elle avec un sourire penaud. La journée a été longue.

Les yeux de Temple glissèrent vers sa bouche. Son pouls s'accéléra. Elle sentait encore son menton rugueux sous ses lèvres. Son odeur épicée, résolument masculine…

Elle cilla, et Temple serra la mâchoire. Ash maudit sa faiblesse. Bon sang, qu'est-ce qui n'allait pas chez elle ? Elle s'en voulait de le trouver si attirant, lui qui incarnait tout ce qu'elle détestait le plus.

Son propre père était un financier reconnu, quoique loin d'égaler Temple. Il les avait rejetées, elle et sa mère, car elles déparaient dans son milieu. Elles appartenaient à un passé encombrant qui l'embarrassait. Il leur avait préféré une épouse et une famille plus convenables. Ce que Cassie lui avait raconté au sujet de son patron n'avait fait que conforter Ash dans sa première impression : Temple méprisait quiconque imprimait la moindre ride à la surface de sa vie lisse et parfaite. La façon dont il l'avait regardée ce soir-là, presque avec horreur... Jamais elle ne l'oublierait. Le seul fait d'y penser lui faisait mal.

— Monsieur Temple ? Vous êtes attendu en coulisses pour la remise du premier prix.

Une femme en tailleur venait de se matérialiser devant eux. Temple se leva et reboutonna sa veste, avec un regard de côté vers elle :

— Ne bougez pas d'ici, d'accord ?

La tension palpable dans sa voix démentait son expression impassible. Ash le regarda s'éloigner, d'une démarche féline qui faisait tourner toutes les têtes. Quelques minutes plus tard, il se présentait sur scène sous un tonnerre d'applaudissements.

« Ne bougez pas d'ici. »

Ash fut soudain tentée de faire exactement l'inverse. Se lever et prendre ses jambes à son cou. Refermer ce chapitre qui n'aurait jamais dû être rouvert. Mais au même instant, comme s'il lisait dans ses pensées, Temple posa les yeux sur elle. Il la fixait avec une telle intensité que plusieurs personnes se retournèrent, curieuses d'identifier l'objet de son attention. Trop tard pour s'éclipser, maintenant. Elle était prise au piège, aussi sûrement que s'il avait braqué un projecteur sur elle.

— Déposez-moi au métro le plus proche. Je viendrai récupérer mes affaires demain.

Ash était troublée par l'attitude de Temple durant son discours. Elle n'avait qu'une hâte, s'arracher au plus vite de son orbite.

— Il est minuit passé. Je ne vous laisse pas prendre le métro seule à cette heure.

Elle s'abstint de répliquer qu'elle avait l'habitude. Son ton ne souffrait aucune objection et, de toute façon, ils étaient déjà de retour à Mayfair.

Son nœud papillon défait et son col déboutonné lui donnaient un air négligé terriblement sexy, accentué par l'ombre de barbe sur son menton. L'énergie ténébreuse qu'il dégageait étourdissait Ash. Le chauffeur s'arrêta devant la villa et Temple descendit le premier pour lui ouvrir sa portière. Ash eut beau s'y préparer, des étincelles crépitèrent lorsque leurs mains se touchèrent. Elle dégagea la sienne sitôt debout.

À l'intérieur de la maison, tout était silencieux. L'atmosphère intime créée par l'éclairage tamisé troubla Ash. Temple devait avoir hâte qu'elle s'en aille. Elle aussi, seule avec lui, ressentait la nécessité de partir au plus vite.

— Je me dépêche. Juste le temps de me changer et récupérer mes affaires…

Temple enleva son nœud papillon et défit un autre bouton.

— Prenez votre temps. Mon chauffeur vous ramènera quand vous serez prête.

Ash retira ses talons et monta l'escalier, appréciant la fraîcheur du marbre sous ses pieds nus. Dans la chambre, elle constata le désordre laissé quand elle s'était changée. On eût dit qu'une tornade était passée par là ! Son reflet dans le miroir lui arracha une grimace. Elle n'avait pas l'habitude de porter autant de maquillage. Sur une impulsion, elle alla se laver le visage dans la luxueuse salle de bains. La douche en particulier était immense et ultramoderne…

La sienne à l'appartement était provisoirement hors d'usage. Un plombier devait passer le lendemain. Se débarrasser de toute la sueur de la journée était tentant… Cela ne demanderait que cinq minutes, pas plus. Ni une ni deux, Ash se déshabilla, entra dans la cabine et poussa un soupir d'aise sous le puissant jet d'eau chaude.

Bon sang, qu'est-ce qu'elle fabriquait ?

Zach vida son verre et consulta sa montre. Cela faisait une demi-heure qu'elle était montée. Se changer ne devrait pas lui prendre autant de temps. La frustration le gagna. C'était de sa faute, aussi. Pourquoi s'être lancé dans cette mascarade en feignant de ne pas la reconnaître ? Et elle qui osait jouer les innocentes !

Furieux, il bondit de son fauteuil, monta l'escalier quatre à quatre et déboula dans la chambre d'amis… juste au moment où la jeune femme émergeait de la salle de bains dans un nuage de vapeur, seulement vêtue d'un peignoir court.

L'ourlet lui arrivait en haut des cuisses, révélant les longues jambes fuselées fugacement aperçues plus tôt. Une ceinture fermait le peignoir, dont les pans bâillaient légèrement sur sa poitrine, laissant entrevoir un sein diaphane. Une image jaillit dans son esprit. Ashling nue sous la douche, l'eau ruisselant sur ses courbes voluptueuses, ses seins ronds et fermes, ses fesses rebondies… Le désir le foudroya. Il demeura là, cloué sur place. À quand remontait la dernière fois qu'une femme avait suscité en lui une réaction aussi viscérale ?

Ashling ne l'avait pas encore remarqué. Elle s'essuyait les cheveux avec une serviette. Au prix d'un effort surhumain, Zach se ressaisit. Sa colère revint au galop. Pas remarqué ? Comme s'il ne voyait pas clair dans son jeu !

Ash sentit une soudaine présence. Ses mains se figèrent sur sa tête. Lentement, elle leva les yeux. Zachary Temple se tenait sur le seuil, sans gilet ni veste, la chemise ouverte au col. Malgré le choc, son corps réagit instinctivement, et un feu liquide se propagea dans ses veines.

— Je me demandais ce qui vous retenait, dit-il d'un ton dégagé.

Mais une note d'acier perçait dans sa voix. La honte la submergea de s'être fait surprendre dans cette situation. Elle n'était pas chez elle. Elle n'avait rien à faire ici. Elle vit ses affaires éparpillées à travers la suite immaculée. Ses baskets jetées par terre dans un coin.

— Désolée, bredouilla-t-elle. Je n'ai pas pu résister. La douche chez moi est hors service et…

— Inutile de vous justifier. Après tout, je vous dois une fière chandelle d'avoir remplacé mon assistante au pied levé.

Tout en parlant, il était entré dans la chambre. Ash frémit en sentant son regard sur elle. Une tension incandescente saturait l'air. Elle s'insinuait sous sa peau, au creux de son ventre… Ash se força à formuler une réponse cohérente.

— C'était la moindre des choses. Encore désolée pour mon retard.

Temple haussa les épaules.

— Nous sommes arrivés à l'heure. Pas de quoi en faire un plat.

Où était passé le Zachary Temple hautain qu'elle connaissait ? Cette nouvelle facette de lui la troublait. Son regard glissa vers sa poitrine et elle s'aperçut que son peignoir bâillait. Elle le referma vivement, rouge pivoine.

— Je ferais mieux d'y aller. Je me suis assez imposée comme cela.

— Rien ne presse, si ?

Ash crut avoir mal entendu. Elle était comme engourdie, incapable de bouger. Elle ne voyait plus que *lui*. Ses larges épaules. Sa mâchoire carrée, mal rasée – exactement comme ce soir-là. Elle se rappelait comme si c'était hier sa caresse abrasive sous ses lèvres. Passé et présent se mélangeaient, un peu trop dangereusement à son goût.

— Vous l'avez senti, n'est-ce pas ? À la seconde où nous nous sommes vus…

La bouche d'Ash s'assécha. Était-elle donc transparente à ce point ?

— De… de quoi parlez-vous ?

Temple esquissa un sourire.

— Ai-je vraiment besoin d'être plus clair ?

Quand s'était-il approché, si près qu'elle pouvait le toucher, humer son odeur musquée ? Mortifiée, elle s'aperçut que c'était elle qui s'était avancée vers lui. Inconsciemment, comme poussée par une force invisible. Temple promena les yeux sur elle de haut en bas.

— Vous êtes une très belle femme.

La stupeur lui coupa brièvement la voix.

— Moi ? Je suis plutôt banale.

— Pas pour moi.

Était-ce bien lui qui parlait ? L'homme qui l'avait toisée avec mépris autrefois ? « Jamais je n'approcherais une femme comme vous. » Elle avait beau le nier, ses mots lui faisaient toujours aussi mal.

— Vous la sentez aussi, insista-t-il. Cette électricité entre nous.

La réalité se brouillait autour d'Ash. Était-il en train de dire qu'elle lui plaisait ? Voulait-il entendre que c'était réciproque ? Comme si cela ne se voyait pas. Il lui effleura la joue, d'un geste si léger qu'elle le sentit à peine, mais qui la marqua tel un fer rouge. Sa main lui souleva le menton, son pouce caressant sa lèvre inférieure. Toute pensée cohérente déserta son esprit. Elle dérivait dans un océan de sensations, les yeux fixés sur la bouche de Temple. Qu'est-ce que cela ferait de la sentir sur la sienne ? Seigneur, qu'est-ce qui lui arrivait ? Elle qui n'avait jamais vraiment eu de libido… Elle ne se reconnaissait plus !

Puis la main de Temple retomba et il recula, le visage fermé.

— Désolé, j'ai dû mal comprendre. Je croyais vous plaire aussi.

Zachary Temple lui faisait des avances ! C'était un tel choc qu'elle mit quelques secondes à absorber ce qu'il venait de dire.

— Attendez ! s'exclama-t-elle. C'est le cas… Vous me plaisez.

Il haussa un sourcil.

— Vraiment ?

Elle acquiesça et s'approcha de lui, avec une audace qu'elle ignorait posséder.

— S'il vous plaît, je ne sais pas…

Je ne sais pas comment m'y prendre.

Plutôt mourir que de l'admettre. Comment était-elle censée agir avec un homme comme lui ? Il était si intimidant ! Il avait l'habitude de femmes expérimentées, qui prenaient les choses en main et lui montraient exactement ce qu'elles attendaient.

— Voulez-vous que je vous embrasse ?

Elle hocha la tête, à la fois soulagée et tremblante d'anticipation. Temple enroula une main autour de sa nuque et l'attira à lui. Leurs corps étaient si proches qu'ils se touchaient presque. Il happa son regard. Lui leva le menton. Baissa lentement la tête… Ash ferma les yeux. L'espace d'une fraction de seconde, la bouche de Temple plana au-dessus de la sienne, avant de combler l'ultime distance.

Rien n'aurait pu la préparer à cela. À cette décharge de sensations. C'était comme si un brasier s'était allumé entre ses reins. Elle en avait le vertige. Mais elle voulait plus encore. D'instinct, ses mains tirèrent sur sa chemise pour le plaquer contre elle. Sa bouche cherchait la sienne, avide d'une intimité plus poussée. Il la lui donna volontiers, glissant sa langue entre ses lèvres pour approfondir leur baiser. Le monde s'effaça autour d'Ash. Plus rien n'existait que ce moment magique.

La main de Temple lui maintenait la tête pendant qu'il dévorait sa bouche, tandis que l'autre écartait les pans de son peignoir. Ses doigts se faufilèrent en dessous, et un courant d'air frais caressa sa peau nue. Le souffle d'Ash s'accéléra. Temple poursuivait son exploration sensuelle, moulant un sein de sa paume, taquinant son téton du pouce. Ash ne put réprimer un gémissement en le sentant durcir. Temple libéra ses lèvres et la regarda droit dans les yeux.

— Dis-moi ce que tu veux, Ashling.

Les mots jaillirent d'eux-mêmes.

— Je veux que tu me touches…

Je veux ta bouche sur moi. Cette pensée la choqua. Peut-être aimait-elle le sexe, tout compte fait. Peut-être ses expériences précédentes laissaient-elles à désirer. Les doigts de Temple pincèrent son téton sensible.

— C'est là que tu veux que je te touche ?

Elle fit oui de la tête. Temple eut un sourire carnassier.

— Tu en as vraiment envie ?

Elle acquiesça, le suppliant en silence.

— Je me demandais jusqu'où tu irais…

Il pencha la tête vers son téton implorant. Son souffle tiède balayait déjà ses seins nus. Mais quelque chose dans ses mots, dans son intonation, la mit mal à l'aise. Elle se dégagea et recula en refermant vivement son peignoir.

— Que voulez-vous dire par là ?

3.

Temple croisa les bras, parfaitement maître de lui-même, tandis qu'elle se tenait devant lui, fiévreuse et échevelée.

— La comédie est finie, mademoiselle Doyle. Je vous ai reconnue au premier coup d'œil. Pour information, le roux ne vous va pas.

Le sang d'Ash se glaça dans ses veines. De quoi refroidir ses ardeurs. Il savait depuis le début ! Elle avait bien nourri quelques soupçons, mais les avait mis sur le compte de sa nervosité.

— Vous étiez au courant ? articula-t-elle.

L'expression de Temple se durcit.

— Votre visage s'est gravé dans ma mémoire, ce soir-là. Je me suis juré de vous faire payer si je vous revoyais un jour.

Ash en avait la nausée. Il ne l'avait pas séduite parce qu'elle lui plaisait. Il s'était amusé avec elle. L'avait poussée à s'humilier elle-même. Et il avait bien failli réussir !

— Quel était votre plan, au juste ? M'attendre nue dans mon lit ? continua-t-il.

Un frisson lui remonta l'échine. D'indignation, se persuada-t-elle.

— Pourquoi ferais-je une chose pareille ?

— N'était-ce pas le but de votre petit numéro ?

— Ce n'était pas un numéro, réfuta-t-elle. Je voulais juste prendre une douche…

Jusqu'à ce qu'il débarque dans cette chambre et lui dise qu'elle était belle. Il n'en avait pas fallu plus pour qu'elle se jette sur lui. Ash aurait voulu disparaître dans un trou de souris.

Temple eut un geste dédaigneux de la main.

— Après avoir joué les amantes délaissées, qu'est-ce qui

vous empêchait d'aller plus loin ? Votre scène m'a coûté une partenaire, ce soir-là, ainsi qu'un contrat très lucratif. Et vous, qu'y avez-vous gagné ?

Une partenaire. La poitrine d'Ash se serra. Alors cette femme comptait pour lui…

— Si vous saviez à quel point je regrette, balbutia-t-elle. Je remplaçais une amie et me contentais de suivre des instructions. On ne m'y a plus jamais reprise.

La conscience d'Ash la travaillait. C'était elle qui s'était écartée du script, simplement parce que l'attitude méprisante de Temple lui rappelait celle de son père. Ses mots de rejet n'auraient jamais dû l'atteindre personnellement.

— Votre partenaire a-t-elle vraiment rompu ? demanda-t-elle, contrite.

Temple pinça les lèvres.

— À votre avis ? Votre jeu était très convaincant. Aucune femme ne pardonne une humiliation publique. Savez-vous qui était le commanditaire ?

Elle secoua la tête.

— Le rôle venait d'une agence de casting. La fille censée le jouer était une amie de mon groupe de théâtre amateur. Elle était malade ce soir-là et m'a demandé de la remplacer. J'ignore qui a engagé l'agence.

— Quelqu'un résolu à ruiner ma réputation, gronda Temple. Jusqu'à aujourd'hui, je croyais que vous étiez une call-girl.

Ash poussa une exclamation outrée.

— Moi, une call-girl ? Pour qui me prenez-vous ?

— Vous en aviez tout l'air.

Pour la première fois de sa vie, Ash fut submergée par la rage. Personne ne l'avait jamais mise dans un tel état. Elle se sentait particulièrement vulnérable sous son regard hautain, le même qu'il lui avait jeté quatre ans plus tôt. Cette soirée était une cruelle leçon destinée à la punir et l'humilier.

Elle serra son peignoir sur sa poitrine.

— Je suis vraiment désolée pour ce qui s'est passé, murmura-t-elle. C'était irresponsable de ma part d'accepter ce rôle à l'aveuglette. Si cela peut vous consoler, je me suis sentie si mal que j'ai donné mon cachet à un refuge pour sans-abri.

Temple resta de marbre.

— Si vous le dites… Ce que je veux savoir, c'est ce que vous comptiez obtenir *ce soir.*

L'odieux sous-entendu indigna Ash.

— C'est *vous* qui êtes entré dans la chambre ! *Vous* qui m'avez embrassée !

— Après m'être assuré que c'était ce que vous vouliez. J'étais curieux de voir jusqu'où vous iriez.

Jusqu'au bout. Ash ne pouvait le nier et sa honte n'en était que plus cuisante.

— Si je suis venue ici ce soir, c'est uniquement pour rendre service à Cassie, se justifia-t-elle.

Le visage de Temple s'assombrit.

— Cassie est-elle impliquée dans cette histoire ?

La panique s'empara d'Ash à l'idée que ses actions puissent mettre en péril la carrière de son amie.

— Bien sûr que non ! Elle n'est au courant de rien !

Elle s'éclaircit la gorge.

— Enfin… Je lui ai raconté ce qui s'était passé après coup. Mais elle n'a jamais su que vous étiez l'homme en question. Même moi, je l'ignorais. Jusqu'à ce qu'elle me montre une photo de vous dans le journal…

Zach considéra la jeune femme en silence. Cassie était une assistante hors pair. Il avait toute confiance en elle. Il venait justement de l'envoyer aux États-Unis pour un voyage de prospection en vue de futurs investissements. Qu'elle se révèle de mèche avec cette femme alors qu'elle connaissait tous les secrets de sa société serait la pire des trahisons.

— Je vous en prie, Cassie ignore que nous nous sommes déjà rencontrés. Elle ne sait rien, répéta Ashling Doyle comme si elle lisait dans ses pensées.

Elle semblait sincèrement inquiète, très pâle tout à coup. Cassie était loyale. Du moins, le croyait-il. Peut-être sa loyauté l'empêchait-elle de voir la vraie nature de son amie. À moins qu'elle ne soit au courant de ses machinations ? Une discussion s'imposait à son retour. En attendant, il lui accordait le bénéfice du doute. Restait un problème plus urgent à régler…

Ashling Doyle.

Le désir continuait à pulser dans ses veines, à son grand dam. Il l'avait embrassée seulement pour tester sa réaction. Mais à la seconde où leurs bouches s'étaient scellées, la situation lui avait totalement échappé. Ce baiser… Les lèvres de la jeune femme tremblaient au début, puis avaient pris de l'assurance. Elle avait beau démentir être une call-girl, ses airs de sainte-nitouche disaient le contraire. La manœuvre de Zach pour démontrer jusqu'où elle était capable d'aller s'était retournée contre lui. Tout ce qu'il avait réussi à prouver était qu'elle avait toujours autant d'emprise sur lui.

Qu'il la voulait.

Il avait honte de sa faiblesse. Il se sentait vaincu, trahi par ses propres instincts. Cela faisait beaucoup pour une seule soirée. Il se dirigea vers la porte.

— Rhabillez-vous, mademoiselle Doyle, lança-t-il sèchement. Et fichez le camp de chez moi.

Ash fixait l'espace vide laissé par Zachary Temple. Ses lèvres frémissaient, et elle sentait encore sa main brûlante sur son sein. Avec quelle facilité il lui avait fait tout oublier ! Qui elle était. Où elle se trouvait. Il l'avait à peine touchée que tout son être s'était embrasé telle une torche. Ce genre de passion, cela n'existait que dans les films. C'était ce qu'elle avait toujours cru. Ses deux brèves relations l'avaient confortée dans cette croyance. Mais Temple venait de lui donner la preuve qu'elle se trompait. Qu'elle ne l'avait simplement pas encore rencontré, *lui*.

« Fichez le camp de chez moi. »

L'écho de ses mots la sortit de sa transe. Elle se rhabilla à la va-vite et jeta le reste de ses affaires dans son sac. Dans l'escalier, elle se fit discrète, de peur de recroiser Temple. Mais aucune trace de lui. Le majordome surgit de nulle part, la mine toujours aussi sévère. Comment s'appelait-il, déjà ? Peters ? Il ne pouvait pas savoir ce qui s'était passé. Alors pourquoi avait-elle l'impression qu'il la jugeait ?

— La voiture de M. Temple va vous ramener chez vous, l'informa-t-il avec froideur.

— C'est gentil, mais je préfère…

— M. Temple insiste, la coupa Peters.

De fait, le chauffeur l'attendait en bas du perron en lui tenant la portière ouverte. Derrière elle, la porte de la villa se referma avec un *clic* audible. Le message était clair : elle n'avait pas sa place ici. Mortifiée, elle fut tentée de décliner à nouveau la proposition d'être reconduite. Mais le chauffeur semblait gentil et elle ne voulait pas lui attirer d'ennuis. Elle le remercia poliment avant de monter à bord. Quelques secondes plus tard, le véhicule quittait la rue, l'éloignant à jamais de Zachary Temple.

Comment l'oublier maintenant qu'elle avait goûté à ses baisers ? À ses caresses ? Il l'avait séduite dans le seul but de l'humilier et faire d'elle ce qu'elle n'était pas. Si seulement elle avait gardé les idées claires… Elle aurait pu prétendre que ce n'était qu'un jeu pour elle aussi. Que ce moment ne signifiait rien de spécial. Mais c'était trop tard.

Pour se changer les idées, elle sortit son téléphone et découvrit un message de Cassie.

> Tu avais raison, Ash. Ma robe n'est même pas la plus décolletée ici. Que s'est-il passé avec le smoking ? Je croyais que tu avais le temps !

Ash tapa une réponse légère :

> Désolée pour le retard ! Tout s'est arrangé. Ne t'inquiète pas et profite du mariage.

Terrassée de fatigue, elle se laissa aller contre son siège. À quelque chose malheur était bon : au moins, ce chapitre était définitivement clos.

Ash avait mal dormi. Elle avait fait un cauchemar, dans lequel elle cherchait un homme dans une salle bondée. Le soulagement la submergeait quand elle le trouvait enfin. Elle lui effleurait le bras et il se retournait, seulement pour la toiser avec dédain. « Ne me touchez pas. Jamais je n'approcherais une femme comme vous. Nous ne sommes pas du même monde. »

Elle changea son lourd sac de courses de main. Apparemment, revoir Temple avait fait resurgir tous ses doutes et ses complexes. Des peurs profondément ancrées en elle, dont même Cassie n'était pas au courant. Par exemple, elle ne s'était jamais sentie chez elle nulle part. D'où son mode de vie au petit bonheur la chance, à essayer divers emplois pour voir si elle trouvait sa place. Même chose pour son style vestimentaire. Si elle portait des tenues de couleurs vives, c'était en rébellion contre son réflexe de passer inaperçue pour faire plaisir à son père – même après toutes ces années. Décidément, elle détestait Temple. Pour tout ce qu'il était. Pour ce qu'il lui avait fait la veille.

Tu étais consentante. Plus que cela, même, lui rappela une petite voix.

Ash serra les dents. Voilà pourquoi elle le haïssait ! Parce qu'il l'avait rendue vulnérable. Il avait ranimé cette culpabilité qui ne l'avait jamais quittée depuis ce fameux soir. Sauf qu'elle ne pouvait s'en prendre qu'à elle-même.

Elle était si obnubilée par Zachary Temple que, lorsqu'il jaillit de sa voiture devant elle, elle crut à une hallucination. Il déparait dans sa rue, dans son costume trois pièces gris anthracite, non moins seyant que son smoking. Elle cligna des yeux. Mais non, il était toujours là. En chair et en os. Ash avait particulièrement conscience de ne pas être à son avantage en débardeur rose et legging bleu électrique, les cheveux attachés en arrière et sans maquillage. Elle avait prévu une séance de yoga à son retour des courses.

Temple lui tendit quelque chose. Un escarpin. Elle avait dû l'oublier la veille dans sa précipitation. Seigneur… Il devait croire qu'elle l'avait fait exprès. Une vraie petite Cendrillon. Elle s'empara de la chaussure et la fourra sans ménagement dans son sac de provisions. Tant pis si quelques œufs y restaient.

— Vous n'étiez pas obligé de vous déplacer, dit-elle avec embarras. Je serais repassée.

Elle imaginait très bien Peters soulevant l'escarpin entre le pouce et l'index, la mine dégoûtée.

— C'était sur mon chemin, répondit Temple.

Elle s'approcha de la porte de la maison dont elle partageait l'appartement du rez-de-chaussée avec Cassie. Temple n'avait pas bougé.

— Il faut qu'on parle, lança-t-il.

Son pouls s'affola. Temple, chez elle ? Mais ils n'allaient pas rester plantés là, au milieu de la rue. Plusieurs rideaux commençaient déjà à s'écarter aux fenêtres voisines. Elle poussa un soupir.

— Entrez, déclara-t-elle à contrecœur.

À peine franchissaient-ils le seuil qu'une voix fluette leur parvint de l'étage du dessus.

— C'est vous, ma petite Ashling ? Avec mes courses ?

— Oui, madame Whyte. Je vous les monte tout de suite.

Cet échange parut laisser Temple perplexe. Lui arrivait-il de sourire, parfois ? Puis elle se remémora son sourire juste avant qu'il l'embrasse… Peut-être valait-il mieux qu'il reste renfrogné, tout compte fait.

Elle lui ouvrit la porte de son appartement.

— Je dois d'abord apporter ses courses à Mme Whyte, dit-elle. Ce ne sera pas long.

— Faites, répondit-il, laconique.

L'aller-retour ne lui prit que quelques minutes. Le stress lui nouait l'estomac lorsqu'elle redescendit. Que pouvait bien lui vouloir Zachary Temple ?

De retour à son appartement, elle le trouva devant un collage de photos suspendu près de la cheminée. Il désigna l'une d'elles :

— Est-ce vous et Cassie ?

Ash n'avait pas besoin de regarder pour savoir de laquelle il parlait. Un cliché d'elle et son amie, bras dessus bras dessous, en train de faire des grimaces.

— Oui. Nous avions dix ans.

C'était l'une de ses photos préférées. Il y en avait d'autres, d'elle et sa mère avec sa choucroute rousse sur la tête. Ses yeux bleus frangés d'épais cils noirs. Son éternel caftan et ses grosses boucles d'oreilles fantaisie. Un style pas franchement discret, dont Ash avait honte adolescente, quand elle essayait de s'intégrer. Aujourd'hui, elle était fière de sa mère anticonformiste, qui avait traversé tant d'épreuves sans jamais renier qui elle était.

Ash n'osait imaginer ce que Temple devait penser de son appartement avec ses rideaux de perles aux fenêtres. Ses plantes en pots dans chaque recoin. Son tapis de yoga étalé par terre. Une statue de Bouddha trônait sur une console, à côté d'un bâtonnet d'encens qu'elle avait allumé avant de partir, d'où le parfum de sauge embaumant la pièce.

— Que puis-je faire pour vous, monsieur Temple ? s'enquit-elle nerveusement.

Il se retourna, et son regard se planta dans le sien.

— Je veux que vous m'accompagniez à Paris.

Ashling Doyle le fixait comme s'il était un extraterrestre. Zach la dévorait discrètement des yeux, dans ce lycra coloré moulant chacune de ses courbes. Même démaquillée et les cheveux attachés, elle était ravissante.

Hier soir, elle était divine.

Et sexy. Assez pour lui faire perdre momentanément la tête, au point d'oublier qui elle était. Il comptait bien lui faire payer ce qu'elle lui avait fait. L'emmener à Paris était irrationnel, il le savait. Mais son instinct le poussait à la garder à ses côtés, là où il pouvait la surveiller. Au cas où elle tenterait de disparaître avant de s'être acquittée de sa dette. Pas parce qu'il la désirait. Il avait plus de self-control que cela. La séduire n'avait pas suffi à étancher sa soif de revanche. Quatre ans plus tôt, elle avait semé le chaos dans sa vie, à un moment où sa carrière était encore fragile. Il avait dû recommencer à zéro. Prouver qu'il était une personne fiable et non un dilettante. Depuis, il sélectionnait ses amantes avec soin et entretenait ses liaisons dans la plus grande discrétion. Au travail, il ne laissait rien au hasard, ni ne s'autorisait la moindre marge d'erreur.

— Je ne m'attendais pas à cela, bredouilla-t-elle, l'air abasourdi. Pourquoi voulez-vous que je vous accompagne à Paris ?

Oui, pourquoi ? le nargua sa raison. Il l'ignora. Il savait ce qu'il faisait.

— Parce que vous m'êtes redevable et que c'est de cette façon que vous allez vous racheter.

La jeune femme s'empourpra.

— Je ne suis pas une call-girl ! s'écria-t-elle.

Son indignation était sincère, cela se voyait.

— Je ne parle pas de coucher avec moi, clarifia-t-il froidement. J'ai une entrevue importante à Paris et j'ai besoin d'une assistante. Gwen est toujours malade. Il est trop tard pour trouver une remplaçante de dernière minute.

Le sang reflua de ses joues.

— Vous voulez que je joue les assistantes ?

— C'est le moins que vous puissiez faire.

Elle se mit à arpenter le salon d'un pas agité. Le regard de Zach s'attacha à son déhanché.

— Écoutez, je vous ai déjà dit que j'étais désolée. Je ne faisais que rendre service à quelqu'un, ce soir-là. J'étais jeune et naïve, même si c'est vrai que j'aurais dû me renseigner…

Elle s'immobilisa et lui lança un regard implorant.

— Mais je ne peux pas tout quitter pour vous suivre à l'étranger, juste parce que vous me le demandez !

Zach inspecta la pièce, étonnamment intime et chaleureuse. Pas vraiment l'idée qu'il se faisait de l'appartement d'un escroc – ou d'une call-girl. Mais peut-être Cassie était-elle l'influence dominante. L'énorme télévision, les rangées de livres sur les étagères… Il imaginait Ashling pelotonnée sur le confortable canapé, absorbée dans un roman. Un tapis de yoga occupait une partie du sol et une senteur indéfinissable, un peu New Age, flottait dans l'air.

Une inexplicable émotion le saisit. L'endroit lui rappelait sa mère. Ce qu'elle lui avait déclaré un jour, les mains posées sur ses épaules : « Regarde autour de toi, Zach. Ta place n'est pas ici. Elle est chez les grands de ce monde. Les autres ne peuvent qu'en rêver. Mais toi, tu réussiras. »

Zach chassa ce souvenir et consulta sa montre avec irritation.

— Vous avez quinze minutes, lança-t-il à Ashling tout en se dirigeant vers la porte. Je vous attends dans la voiture. Nous serons de retour ce soir.

— Hé ! Attendez une seconde…

Il fit volte-face.

— Non. Vous avez une dette envers moi, mademoiselle Doyle. Il est temps de vous en acquitter. Si Cassie n'est vraiment au courant de rien et que vous tenez à ce que cela reste ainsi, faites ce que je vous dis.

La jeune femme pâlit.

— C'est du chantage !

— Quinze minutes, ou c'est moi qui viens vous chercher. Mettez une tenue correcte.

Ash faisait les cent pas dans l'appartement, partagée entre colère devant tant d'arrogance et terreur qu'il raconte tout à Cassie. Elle imaginait la déception sur le visage de son amie. Cassie estimait qu'elle était allée trop loin, ce soir-là, et le lui avait dit. La jeune femme avait travaillé si dur pour en arriver là ! Elle s'entendait bien avec Temple. Ash détesterait compromettre leur relation. Au fond, c'était une bonne chose que Temple lui accorde une chance de se racheter. Après cela, ils seraient quittes.

Mais Paris… Elle avait honte de sa première pensée quand il en avait parlé. Week-end romantique, sexe. Et plus encore de la réaction de son corps. La perspective l'avait excitée ! Puis elle avait saisi le sous-entendu et le dégoût l'avait emporté. Comme si elle allait payer sa dette en nature ! Mais ce n'était pas du tout ce qu'il entendait par là, bien sûr. Il n'était pas attiré par elle et le lui avait clairement fait comprendre.

Elle s'approcha de la fenêtre. Dehors, la luxueuse berline

attendait. Elle imaginait Temple s'impatientant sur le siège arrière. Quel choix avait-elle ? L'idée de décevoir Cassie ou lui attirer des ennuis lui était insupportable. Temple avait raison, elle lui était redevable. À elle de voir le bon côté des choses : après une journée en sa compagnie, il serait le premier à vouloir se débarrasser d'elle, non ?

Dix minutes plus tard, Ash montait dans la voiture, qui démarra aussitôt. Temple la détailla de haut en bas.

— Qu'est-ce que c'est que cette tenue ?

Ash se braqua.

— Vous m'avez dit de m'habiller correctement.

Elle avait donc emprunté un chemisier de Cassie, blanc cassé avec un col lavallière. Mais Temple continuait à fixer ses genoux.

— Est-ce une minijupe en cuir que vous portez ?

— En similicuir, corrigea-t-elle, horrifiée qu'il la croie capable de porter du vrai cuir.

Des collants noirs à pois et une paire de derbies complétaient sa tenue. Classique, selon ses propres standards.

Les yeux de Temple remontèrent vers sa tête.

— Mes homologues français apprécieront sûrement votre effort d'authenticité, ironisa-t-il.

Ash résista au réflexe d'enlever son béret.

— Je le pense aussi.

Elle posa sur ses genoux l'attaché-case également emprunté à Cassie. Elle y avait glissé un bloc-notes et quelques stylos, incertaine de ce qu'on attendait d'elle. Elle peinait encore à réaliser qu'elle se rendait à Paris, avec Zachary Temple en personne !

— De quoi sera-t-il question à la réunion ? s'enquit-elle pour canaliser son stress.

— Vous n'avez pas à vous en soucier. Votre rôle se bornera à servir les rafraîchissements.

Cette réponse macho la vexa. Mais n'était-ce pas pour cela qu'il l'avait invitée ? Afin de prendre sa revanche ?

— J'ai les notes d'hier soir sur mon téléphone. Je peux les transcrire, si vous voulez.

Temple fronça les sourcils.

— Quelles notes ?

— Celles que vous m'avez fait prendre à la remise de prix…

Un éclair de lucidité la traversa.

— Vous n'aviez pas besoin de notes, n'est-ce pas ? Vous vouliez juste me mettre mal à l'aise car vous saviez qui j'étais.

Temple n'affichait aucun remords. Mon Dieu, ce qu'elle pouvait être idiote ! Par chance, son téléphone sonna et il décrocha, se lançant dans une conversation en français qui le rendait encore plus sexy, malgré son attitude imbuvable.

Avec un soupir, Ash se tourna vers la fenêtre, en priant pour que la journée passe vite.

C'était la première fois qu'elle montait à bord d'un jet privé. Naïvement, elle avait cru qu'ils prendraient le train. Mais non, bien sûr. Ils s'étaient rendus jusqu'à un aérodrome à proximité d'un des plus grands aéroports de Londres, où un Learjet rutilant les attendait.

L'intérieur était d'un luxe inouï avec ses sièges en cuir et son épaisse moquette. Ash hésita, intimidée. Temple, lui, s'était déjà installé et allumait son ordinateur portable. Il leva un sourcil interrogateur :

— Un problème ?

— Aucun, assura-t-elle.

Elle choisit un fauteuil près d'un hublot. Dans son attaché-case, son téléphone bipa. Soulagée de cette distraction, elle le sortit et découvrit un nouveau message de Cassie. Ce qu'elle lut la stupéfia. Cassie avait couché avec le type qu'elle était censée espionner ? Ash coula un regard vers Temple, au cas où il aurait le pouvoir magique de lire les messages à distance. Il en serait bien capable. Mais non, il était concentré devant son écran. Elle tapa une réponse, sans mentionner son rôle d'assistante provisoire pour Temple. Cassie avait assez de soucis comme cela.

Lorsqu'ils eurent décollé, une hôtesse s'approcha d'elle.

— Souhaitez-vous une coupe de champagne, mademoiselle Doyle ?

Ash pâlit. Était-ce ce que le personnel de bord servait aux

compagnes habituelles de Temple ? Des femmes qu'il emmenait avec lui pour le plaisir, et non pour les punir.

— Hum, non merci, déclina-t-elle. Un verre d'eau suffira. Ou plutôt… un café, si vous avez.

Elle aurait besoin de toute son énergie pour garder la tête froide auprès de Temple, l'homme le plus déstabilisant qu'elle ait jamais rencontré.

4.

— Êtes-vous déjà venue à Paris, mademoiselle Doyle ?

Ash détourna les yeux de la tour Eiffel au loin.

— Appelez-moi Ashling. Mlle Doyle, cela fait institutrice.

— Entendu, Ashling.

Elle regretta aussitôt de lui avoir demandé cela. Il l'avait appelée par son prénom la veille, quand il la caressait… Pour l'humilier.

— Dans ce cas, appelez-moi Zach. Je n'aime pas les formalités avec mes employés.

Un autre rappel, s'il en était besoin, qu'elle n'était pas là pour une escapade romantique. Elle avait plus de chances de devenir un jour P-DG de sa propre société.

— Alors, Ashling, est-ce votre première fois à Paris ?

La façon dont son nom sonnait dans sa bouche la troubla.

— J'y suis venue avec ma mère pour mes dix-huit ans.

Angela, en grande sentimentale, tenait à ce qu'elle visite Paris avec une personne qui l'aimait, afin que la plus belle ville du monde reste à jamais associée à l'amour dans sa mémoire. Ash lui en était reconnaissante, au vu de son présent compagnon.

— Vous venez souvent ici, n'est-ce pas ? Vous parlez couramment le français.

— J'y ai un appartement, répondit-il.

Oui, Cassie le lui avait dit. Mais il ne comptait pas passer la nuit sur place. Elle se demanda s'il avait une maîtresse, en ce moment…

La voiture s'arrêta devant l'un des plus célèbres hôtels de la ville. Des femmes élégantes en robes de créateurs entraient et sortaient, leurs bijoux aussi discrets que leurs coiffures étaient travaillées. L'une d'elles tenait un caniche impeccablement toiletté au bout d'une laisse ornée de pierreries. Ash eut soudain honte de sa tenue. Pas étonnant que Temple l'ait toisée d'un œil critique. Elle enleva son béret et le cacha dans son attaché-case. Elle réalisait à présent à quel point elle avait l'air ridicule. Il ne lui manquait plus que la marinière et la baguette sous le bras !

Le chauffeur lui ouvrit la portière et elle descendit avec autant de grâce que possible. Zach attendit qu'elle l'ait rejoint avant de se diriger vers la porte. C'est tout juste si elle ne devait pas courir pour le suivre. Dans le hall d'entrée, un homme, sans doute le directeur, s'avança à leur rencontre. Zach et lui échangèrent quelques mots, puis l'homme se tourna vers elle :

— Si vous avez besoin de quoi que ce soit, mademoiselle Doyle, voici mon numéro personnel.

Il lui tendit une carte, qu'elle accepta poliment. Zach s'éloignait déjà vers l'ascenseur. Elle le rattrapa juste avant que les portes ne se referment. Un autre homme en uniforme les attendait lorsqu'elles se rouvrirent, directement sur le vestibule d'un splendide penthouse offrant une vue à couper le souffle. La tour Eiffel était si proche qu'Ash avait l'impression de pouvoir la toucher. Le salon avait été transformé en salle de réunion, avec une grande table occupée par un groupe d'hommes et de femmes, tous en costumes et tailleurs.

Ash remarqua une desserte sur laquelle s'alignaient les verres et les bouteilles d'eau. Elle prit l'initiative de commencer à préparer le service.

— Nous attendons encore deux ou trois personnes, l'informa Zach. Pouvez-vous faire en sorte qu'ils sachent où nous trouver ?

— Bien sûr.

Si cela pouvait lui donner quelques minutes de répit…

Elle descendit dans le hall d'entrée, juste au moment où un homme et une femme arrivaient. C'est à peine s'ils lui accordèrent un regard lorsqu'elle les dirigea vers le penthouse. Elle décida d'attendre encore un peu. Derrière elle, la porte d'un ascenseur s'ouvrit sur un vieux monsieur distingué. Il avait fait tomber son attaché-case et tous ses documents jonchaient le sol. Ash se précipita pour l'aider à les ramasser. L'homme montrait des signes d'essoufflement. Inquiète, elle le fit asseoir dans un fauteuil. Lorsqu'elle tenta de communiquer dans son français limité de collégienne, il eut un sourire bienveillant.

— Je parle anglais.

Il avait un accent difficile à identifier. Européen, mais avec une touche nasale. Ash sourit.

— Est-ce que ça va ? Voulez-vous un verre d'eau ?

— Merci, ma chère. Avec plaisir.

À son retour, il semblait aller beaucoup mieux. Elle lui tendit le verre d'eau.

— Y a-t-il autre chose que je puisse faire ? Je suppose que vous êtes là pour voir M. Temple ?

Il hocha la tête et lui rendit le verre vide. Son regard pétillait d'intelligence.

— Qui êtes-vous, mademoiselle ? Je ne vous ai jamais vue avant.

— Oh ! personne. Je remplace l'assistante de M. Temple. Laissez-moi vous conduire à la salle de réunion.

L'homme se leva et ils prirent l'ascenseur ensemble. Alors qu'ils entraient dans le penthouse, elle lui glissa avec un clin d'œil :

— J'ai le numéro personnel du directeur. Appelez-moi si vous avez besoin de quoi que ce soit.

— Je n'y manquerai pas, répondit-il en souriant.

Zach vint accueillir l'homme et le conduisit au salon, avec une telle déférence qu'elle se demanda qui il pouvait bien être. Puis il ferma ostensiblement la porte, laissant Ash de l'autre côté. Là où était sa place.

Le soleil se couchait lorsque le dernier invité s'en alla, embrasant le ciel au-dessus des toits de Paris. Ash aurait aimé prendre le temps d'admirer la vue. Mais elle n'était pas là pour cela, aussi s'affairait-elle à débarrasser assiettes, tasses et détritus de la table de réunion, où boissons et en-cas avaient été servis toute la journée.

— Ce n'est pas à vous de faire cela.

Zach se découpait dans l'embrasure de la porte, cravate desserrée et chemise ouverte au col. Elle posa la pile d'assiettes qu'elle tenait.

— Hum, d'accord.

— Changement de programme, annonça-t-il. Vous vous rappelez le vieil homme arrivé en dernier ?

Ash acquiesça. Ils avaient discuté plusieurs fois au cours de la journée, à chaque pause dans la réunion. Un homme charmant, et le seul à ne pas la traiter comme une plante verte. Elle avait fait en sorte qu'il ne manque de rien.

— Il s'agissait de l'invité d'honneur, Georgios Stephanides, reprit Zach. C'est lui que je suis venu rencontrer. Les autres étaient les membres de nos équipes juridiques respectives. Nous travaillons sur un accord top secret. Il possède une banque en Grèce, l'une des plus respectées au monde.

— Oh ! Waouh. Il paraissait si… modeste.

— Il vous a adorée. Que lui avez-vous fait ? L'aviez-vous reconnu ?

L'insinuation indigna Ash.

— Je ne lui ai rien « fait » ! Et non, je ne l'ai pas reconnu. Comment voulez-vous que je reconnaisse un banquier ?

— Pourtant, il n'a cessé de vous solliciter…

La méfiance dans sa voix poussa Ash à se justifier.

— Quand il est arrivé, il a fait tomber ses papiers et je l'ai aidé à les ramasser. Nous avons un peu discuté. C'est tout. J'ignorais qui il était.

Zach semblait dubitatif.

— Il veut que nous dînions avec lui et sa femme ce soir, l'informa-t-il. C'est une invitation qui ne se refuse pas.

— *Nous* ? répéta Ash d'une voix étranglée. Il n'y a pas de… « nous ». Il sait bien que je ne suis qu'une remplaçante.

— Peut-être, mais il a requis votre présence. Allons nous changer à mon appartement. C'est à deux pas d'ici.

Le cœur d'Ash sombra dans sa poitrine.

— Je n'ai rien à me mettre…

— Il y a une garde-robe dans la chambre d'amis pour ce genre d'imprévu. Vous trouverez bien quelque chose.

Zach se dirigeait déjà vers l'ascenseur. Alors comme cela, elle n'avait même pas son mot à dire ?

— Je pourrais avoir des plans pour ce soir, protesta-t-elle.

— Est-ce le cas ?

— Non, mais…

— Alors dépêchons-nous. Mon chauffeur nous attend.

Avait-elle le choix ? Elle pouvait décider de rentrer seule en train… ou prendre sur elle en espérant que Temple se lasse de l'avoir entre les jambes et considère sa dette payée. Après quoi, ils n'auraient plus jamais à se revoir.

Cela la démangeait d'appeler Cassie. Son amie roulerait des yeux en apprenant dans quel pétrin elle s'était fourrée. Mais bien sûr, c'était hors de question. D'une part, parce que Cassie semblait avoir ses propres problèmes. D'autre part, parce qu'elle ne devait jamais apprendre que cette mésaventure-là impliquait son patron. Ash ne pouvait pas non plus lui confier ce que Zach lui faisait ressentir. Honte, culpabilité, désir… Autre chose aussi, plus ambigu. Elle avait envie qu'il la regarde autrement que comme quelqu'un prêt à s'enfuir avec l'argenterie.

— Prête ? lui lança Zach.

Ash hocha la tête et le suivit dans l'ascenseur.

L'appartement de Zach occupait le dernier étage d'un bel immeuble parisien du XIXe siècle, lui aussi avec une vue imprenable sur la tour Eiffel. L'intérieur était à la fois sobre et luxueux. Art moderne et toiles traditionnelles se côtoyaient sur les murs, dévoilant une facette plus décalée de Zach à laquelle Ash ne s'était pas attendue. Une femme entre deux âges était venue leur ouvrir, que Zach lui avait présentée comme Cécile, sa gouvernante. Celle-ci s'adressa à elle dans un anglais à l'accent marqué :

— Si vous voulez bien me suivre, mademoiselle Doyle… Je vais vous montrer votre chambre.

Zach, lui, avait déjà disparu, sans doute pour se préparer.

Ash suivit la gouvernante et demeura bouche bée. La pièce était immense, dominée par un énorme lit au centre. Elle donnait sur une terrasse, ainsi que sur une salle de bains dans les tons noir et blanc, équipée d'une douche à l'italienne et d'une baignoire assez grande pour deux. Le sang afflua à ses joues. Et bien sûr, il y avait le dressing. Cécile désigna les robes sur leurs cintres.

— Je suis sûre que vous trouverez quelque chose à votre taille, mademoiselle Doyle. Tout ce dont vous avez besoin est là.

Ash n'en revenait pas.

— M. Temple a-t-il souvent des invitées qui dorment ici ?

Cécile esquissa un sourire énigmatique.

— M. Temple aime être paré à toute éventualité. Il tient à ce que personne ne manque de rien.

La gouvernante partie, Ash inspecta les rayons. Toutes les robes avaient encore leurs étiquettes, preuve qu'elles n'avaient jamais été portées. Comme si Zachary Temple serait assez vulgaire pour réutiliser les robes de ses amantes… Non qu'elle soit l'une d'elles. Elle n'était qu'une épine dans son pied qu'il s'amusait à tourmenter.

Après s'être douchée et séché les cheveux, elle passa un peignoir et regagna le dressing. Un drapé de soie bleu marine attira son attention. La robe arrivait au genou. Parfait pour un dîner, non ? Ash enleva son peignoir et enfila la robe par-dessus des sous-vêtements propres. Sans manches, elle avait le style des tuniques de la Grèce antique, avec un profond décolleté en V et une bande en velours sous la poitrine. Simple et raffinée, comme seuls les modèles de créateurs savaient l'être. Une paire de sandales à talons argentées et une pochette noire apportaient la touche finale.

Pour la coiffure, elle donna un effet wavy à ses cheveux, ramenés derrière l'oreille d'un côté, libres de l'autre. Tous les produits dans la salle de bains étaient neufs, aussi s'autorisa-t-elle un maquillage plus travaillé que d'ordinaire : khôl, mascara, un peu de blush et rouge à lèvres nude. Satisfaite du résultat, elle quitta la pièce. Zach devait déjà l'attendre. Traversant la chambre en hâte, elle poussa la porte… et faillit entrer en collision avec un large torse bronzé.

Zach était en train de se changer. Et visiblement, sa chambre était contiguë à la sienne. Ash n'avait jamais vu de tels pectoraux d'aussi près. Un duvet sombre descendait en flèche vers des abdominaux ciselés pour disparaître sous la ceinture du pantalon, posé bas sur des hanches étroites. Pas un gramme de gras en vue. Zach avait un corps d'athlète. Ou de guerrier. Ce n'est que lorsqu'il s'éclaircit la gorge qu'elle s'aperçut qu'elle le mangeait des yeux.

— Vous êtes perdue, Ashling ?

Elle leva la tête, les joues en feu.

— Désolée, mauvaise porte. J'ignorais que les chambres communiquaient…

Il enfilait sa chemise à présent, mais elle était toujours pétrifiée. Alors qu'il s'attaquait aux boutons, elle trouva enfin la force de bouger et pivota sur ses talons.

— Je vois que vous avez trouvé une robe, lança Zach dans son dos.

Elle se retourna sur le seuil, à la fois soulagée et déçue de voir sa chemise boutonnée.

— Oui, merci. J'espère qu'elle convient. Je n'étais pas sûre du code vestimentaire.

— C'est parfait. Attendez-moi dans le salon. Je n'en ai pas pour longtemps.

Ash s'en alla précipitamment en fermant la porte derrière elle. À tous les coups, il devait croire qu'elle l'avait fait exprès.

Ils sortaient de l'immeuble lorsqu'une sublime voiture de sport gris métallisé s'arrêta devant eux. Un jeune homme en descendit et lança les clés à Zach, qui les rattrapa avec adresse. Ash écarquilla les yeux.

— C'est une Aston Martin…

— En effet.

Elle s'approcha de l'automobile et la caressa avec révérence, traçant du doigt ses lignes épurées. Il lui était simplement *impossible* de ne pas la toucher.

— Vous vous y connaissez en voitures ?

Ash lui lança un regard atterré.

— C'est beaucoup plus qu'une voiture.

Un sourire incurva les lèvres de Zach.

— Je vous rejoins là-dessus.

— C'est la première fois que j'en vois une de près, admit-elle, ébahie.

— Nous ferions bien d'y aller.

Elle se décida à monter à bord et Zach referma la portière. C'était l'habitacle le plus luxueux dans lequel elle se soit jamais retrouvée. Elle exhala un soupir d'aise tandis que Zach s'installait au volant et démarrait.

— D'où vous vient cet intérêt pour les voitures ? demanda-t-il lorsqu'ils furent engagés dans la circulation parisienne.

— C'est parce que je suis une femme que vous me demandez cela ?

Zach assumait parfaitement son machisme.

— Ce n'est pas si courant.

— Non, en effet. Ma passion est née à l'adolescence. Un ami m'a appris à conduire et j'ai passé mon permis. Non qu'il me soit très utile à Londres. Cela fait un moment que je n'ai plus pris le volant.

— Ce n'est pas votre père qui vous a appris à conduire ?

Ash se raidit. *Zut.* Cela lui avait échappé.

— Non, j'ai grandi sans père. Mes parents se sont séparés juste après ma naissance.

Par chance, Zach n'insista pas sur ce point.

— Donc, l'homme qui vous a appris à conduire… ?

— Un membre de notre communauté. Une blessure a mis fin à sa carrière de pilote de course.

— Votre communauté ?

L'intonation perplexe de Zach la fit sourire. Elle avait

l'impression de vivre un rêve éveillé. Rouler dans cette voiture légendaire, devant le non moins emblématique Arc de triomphe, avec Zachary Temple en personne… Tout cela avait quelque chose de surréaliste qui rendait sa jeunesse peu orthodoxe plus facile à évoquer.

— Ma mère a quitté le service du père de Cassie quand cette dernière a été envoyée en pensionnat, raconta-t-elle. Nous sommes retournées en Irlande, d'où elle est originaire. Elle avait des amis vivant dans une communauté sur la côte ouest, alors c'est là-bas que nous nous sommes installées.

— Il me semblait bien avoir décelé une trace d'accent, commenta Zach.

Ash fit la grimace.

— Je n'ai passé que quelques années en Irlande, avant de revenir à Londres, précisa-t-elle. Le terme « communauté » fait penser à un rassemblement hippie des années 1960. Mais c'est plus un éco-village fondé sur le troc et la participation collective. Nous avions un poulailler et faisions pousser nos propres légumes. Ma mère y vit toujours avec son nouveau compagnon, Eamon. Un éleveur de moutons également musicien, défenseur de la musique traditionnelle irlandaise.

— Votre mère a l'air… originale.

Ash détestait ce mot. C'était celui qu'avait utilisé son père pour les abandonner, elle et sa mère. Angela était trop « originale » pour lui, un homme d'affaires réputé. C'était pourtant son originalité qui lui avait plu chez elle. Sa mère en avait été profondément blessée. Dieu merci, elle avait tourné la page, depuis. Zach, issu d'un milieu privilégié, ne pouvait pas comprendre le genre de vie qu'elles menaient. Une part d'elle s'en voulait d'être attirée par un homme comme lui.

— Oui, ma mère est une originale, mais aussi une femme aimante, toujours là pour les autres. Je n'ai jamais manqué de rien. Elle est retournée à l'université et a décroché un diplôme en psychologie. Aujourd'hui, elle possède son propre cabinet. Elle est incroyable.

Elle sentit le regard de Zach sur elle.

— Ce n'était pas une critique, Ashling. Vous emmener à Paris pour vos dix-huit ans était un fabuleux cadeau.

— Oui, fabuleux, convint-elle.

— Cela vous a-t-il manqué de grandir sans père ?

Cette question la surprit. Elle ne s'attendait pas à ce que Zach poursuive sur ce terrain personnel. Elle se remémora toutes les fois où elle avait regardé avec envie les autres enfants avec leurs pères. C'était cela qui les avait immédiatement rapprochées, elle et Cassie. L'absence d'un parent. La mère de Cassie était morte quand elle avait quatre ans. Angela était devenue une sorte de mère de substitution pour elle. Son père, hélas, ne voyait pas d'un bon œil leur amitié et ne manquait jamais une occasion de rappeler à Ash quelle était sa place.

— Oui, parfois, admit-elle. Mais je n'échangerais mon enfance pour rien au monde. Avec ma mère, je me sentais aimée et protégée. Plus que certains enfants avec leurs deux parents. Cela dit…

Elle se mordit la lèvre.

— Si j'avais une famille, je choisirais un mode de vie plus stable. J'ai toujours été un peu envieuse de Cassie, qui avait une maison et n'était pas obligée de déménager sans arrêt.

— Vous voulez des enfants ? questionna Zach.

Ash se maudit d'en avoir trop dit. Elle rêvait d'une grande et joyeuse tribu. Avoir des frères et sœurs était ce qui lui avait le plus manqué, enfant. Mais il n'avait pas besoin de le savoir.

— Comme tout le monde, éluda-t-elle. Pas vous ?

Elle vit sa mâchoire se crisper imperceptiblement.

— J'imagine que j'en aurai un jour, fut sa réponse évasive.

Avec une épouse à la beauté aristocratique issue d'une bonne famille, sans aucun doute.

— L'idée ne semble guère vous enthousiasmer, remarqua-t-elle avec curiosité.

Il haussa les épaules.

— Fonder une famille n'est qu'une question de transmission.

Son intonation creuse interloqua Ash. À quoi ressemblait la famille de Zach ? Elle imaginait des parents sévères. Distants.

Une éducation aux mains d'une armée de nourrices. Une scolarité en pensionnat. Son cœur se serra à la pensée d'un petit garçon aux cheveux sombres déposé aux portes d'un sinistre et lointain établissement.

Elle secoua la tête.

— Pour quelqu'un comme vous, je comprends que la notion de transmission soit importante. Mais moi… Qu'aurais-je à transmettre à une génération future ?

Zach lui lança un regard en coin.

— Un don pour la comédie et l'art de causer des ennuis ?

5.

Zach songeait à son dîner avec Georgios Stephanides en entrant dans le restaurant. C'était bon signe que le vieil homme souhaite apprendre à le connaître. Avec de tels enjeux devant lui, comment en était-il venu à aborder le sujet de la famille avec Ashling ? Un sujet qu'il évitait en temps normal. La notion même de famille était toxique à ses yeux. Pour autant, il avait promis à sa mère de lui rendre justice et de perpétuer le nom des Temple en fondant leur propre lignée.

Mais ce n'était pas cela qui le travaillait vraiment. Il revoyait la réaction d'Ashling à sa boutade… Son regard blessé. Son visage décomposé. Exactement comme ce soir-là, quand il lui avait sifflé que jamais il n'approcherait une femme comme elle. Il avait mauvaise conscience et il détestait cela.

— Je me suis déjà excusée pour ce qui s'est passé, avait-elle murmuré. Cela m'a servi de leçon. Mais comment vous prouver que je ne suis pas un escroc si vous ne me laissez aucune chance ?

Le maître d'hôtel s'avançait à leur rencontre à présent, un sourire mielleux aux lèvres. Zach glissa son bras sous celui d'Ashling. Elle paraissait si frêle à côté de lui. Si vulnérable.

— Ashling, regardez-moi.

Elle leva la tête, le regard fuyant. Les lèvres pincées. Il avait envie de les voir sourire à nouveau. Les sentir s'adoucir et céder sous les siennes…

— Je vous donne une autre chance, d'accord ?

Une flamme étrange s'alluma dans ses yeux. Le désir foudroya Zach au pire moment possible. Il serra les dents.

— Merci, souffla-t-elle. J'apprécie.

Le maître d'hôtel les accueillit au même instant. Zach concentra son attention sur lui. Tout était bon pour effacer l'image des lèvres d'Ashling de son esprit, avant de rejoindre les Stephanides et d'adopter un comportement civilisé.

— Vous ne travaillez donc pas pour Zach à temps complet ?

Ash sourit à l'épouse de Georgios Stephanides. Elena se révélait aussi avenante que son mari, encore très belle avec ses cheveux argentés coupés court qui soulignaient la délicatesse de ses traits.

— Non. Ma meilleure amie, Cassie, est son assistante exécutive. Elle est en déplacement aux États-Unis, et sa propre secrétaire est malade. Zach avait besoin d'aide.

Soif de vengeance serait plus exact.

Le regard d'Elena passa d'Ash à Zach, en pleine conversation avec Georgios. Un sourire plana sur ses lèvres.

— Alors que faites-vous en temps normal, ma chère ?

Ashling se réjouit de ce changement de sujet, sans rapport avec Zach ou son rôle auprès de lui.

— Je suis professeur de yoga, principalement.

Le visage d'Elena s'éclaira.

— Le yoga m'a sauvé la vie après mon opération du dos ! Quel type pratiquez-vous ? Je veux tout savoir…

— Quel couple adorable.

Zach haussa un sourcil.

— C'est un point de vue. Savez-vous que Stephanides est l'un des hommes les plus puissants d'Europe ?

La jeune femme haussa les épaules.

— Cela m'est égal. C'est quelqu'un de franc et charmant.

Zach s'abstint de tout commentaire. Il connaissait le côté moins « charmant » de Georgios Stephanides. Mais Ashling avait raison. Le milliardaire grec avait beau savoir montrer les crocs, il restait humble, chose rare dans ce milieu.

— Quel genre de contrat négociez-vous ? questionna Ashling. Ou est-ce trop secret pour en parler ?

L'instinct de Zach lui criait de se taire. C'est ainsi qu'il avait réussi. En ne faisant confiance à personne. Une leçon apprise très jeune, quand il avait essayé de s'intégrer dans sa nouvelle école, un pensionnat huppé. Il avait douze ans. Mais les autres garçons l'avaient d'emblée remis à sa place en lui administrant une bonne raclée. « Écoute, Temple, tu n'es pas des nôtres, c'est clair ? Si tu es ici, c'est uniquement par charité. Jamais tu ne feras partie de notre monde. » L'un des garçons lui avait même craché dessus alors qu'il gisait au sol, le nez en sang. Cela avait été sa première leçon de self-control. Au prix d'un suprême effort, il avait résisté à la tentation de se venger en rendant coup pour coup.

Puis des années plus tard, Ashling Doyle, avec sa robe vulgaire et sa perruque bon marché, lui avait rappelé pourquoi baisser sa garde n'était pas une option. Alors pourquoi, contre toute prudence, éprouvait-il l'envie de lui en parler ?

— Les Stephanides n'ont jamais eu d'enfants. Georgios souhaite prendre sa retraite pour se consacrer à ses activités philanthropiques. Il cherche donc un successeur à qui confier sa banque.

La compassion se peignit sur les traits d'Ashling.

— Oh ! c'est si triste. Elena ne m'a rien dit. Ils auraient fait des parents formidables.

Zach n'avait jamais pensé à cela. Ces mots l'obligeaient à considérer une autre facette de Stephanides, celle d'un homme souffrant de n'avoir jamais fondé de famille. Tout aussi déconcertante était la réaction d'Ashling, à qui le fait qu'il soit candidat à la reprise d'une des institutions financières les plus puissantes au monde semblait passer au-dessus de la tête.

— Elena a paru vous apprécier, observa-t-il.

— Tout le monde n'a pas une mauvaise opinion de moi. Elle s'intéresse au yoga. Cela nous fait un point commun.

Zach devait admettre qu'Ashling s'était montrée d'excellente compagnie. Le parfait faire-valoir. Il revit son expression blessée après sa pique sur ses talents d'actrice. Peut-être était-ce injuste de sa part de la juger sur un unique incident vieux de quatre ans. La question était : n'était-ce vraiment arrivé qu'une seule fois ? Ou mentait-elle afin de profiter de la situation ? Avait-elle réellement grandi dans une communauté avec une mère à demi hippie ? Toutes ces interrogations le taraudaient. Il voulait qu'elle lui prouve qu'il avait tort de lui accorder une seconde chance. Qu'elle avait bel et bien tenté de le séduire sous son propre toit.

Sur une impulsion, il s'arrêta au bord de la route.

— Que faites-vous ? demanda-t-elle, surprise.

Il descendit, fit le tour de la voiture et ouvrit sa portière.

— Que diriez-vous d'essayer ? lança-t-il.

— Quoi, prendre le volant ? Mais je n'ai plus conduit depuis longtemps ! s'écria-t-elle. C'est une Aston Martin !

— Vous avez votre permis, non ?

— Oui, mais… On roule à droite, ici. Et on est au beau milieu des Champs-Élysées !

— C'est une route comme une autre, assura Zach. Mon appartement n'est pas loin. Je serai votre copilote.

Le choc se lisait sur le visage d'Ashling. Il s'attendait presque à ce qu'elle lui avoue qu'elle avait menti et ne savait pas conduire, en réalité. Mais elle déboucla sa ceinture et descendit du véhicule, la fente de sa robe dévoilant au passage sa cuisse galbée.

— D'accord, je veux bien essayer.

C'était une pure folie. Qu'est-ce qui lui avait pris de proposer cela ? Ils étaient sur la plus célèbre avenue du monde ! S'il arrivait quelque chose, la presse à scandale en ferait ses choux gras. Mais en regardant Ashling s'installer au volant, toute prudence le déserta, et il remonta en voiture.

Ash avait l'impression de rêver. Le cuir chaud du volant entre ses mains. Les lumières du tableau de bord au design légendaire. Le ronronnement rauque du moteur. C'était une boîte automatique, aussi n'avait-elle pas à se soucier des vitesses, et Zach lui montra le reste. Profitant d'un ralentissement, elle s'engagea dans la circulation en suivant ses instructions. La voiture vibrait de puissance contenue, un peu comme Zach, ne put-elle s'empêcher de penser…

— Le feu est rouge, l'avertit-il.

Ash s'arrêta en douceur. Son cœur battait la chamade sous l'effet de l'adrénaline. Elle inspira profondément pour tempérer son excitation.

— Cette voiture est incroyable, commenta-t-elle.

— J'ai toujours voulu une Aston Martin, depuis que j'ai vu mon premier *James Bond*, enfant.

Le feu passa au vert et Ash appuya sur l'accélérateur. La voiture bondit en avant, réactive à la plus légère pression du pied. Lorsqu'elle fut sûre de l'avoir bien en main, elle coula un regard vers Zach.

— Vous étiez fan de James Bond ?

— Je le suis toujours.

— Moi aussi, confia-t-elle. Ma mère n'a jamais compris ma fascination pour les voitures et les gadgets.

— Pas le luxe et les paillettes ?

— Non, cela ne m'a jamais intéressée. Mon gadget préféré est le jetpack de Sean Connery dans *Opération Tonnerre*.

— Prenez la prochaine à gauche.

Ash était un peu déçue de voir se profiler l'immeuble de Zach. Elle se gara devant, encore émoustillée par le cadeau qu'il venait de lui faire.

— Merci. C'était une expérience fabuleuse.

— Vous êtes une excellente conductrice. La prochaine fois, allons quelque part où vous pourrez vraiment vous lâcher.

Ash déglutit. La prochaine fois ?

Zach dut penser la même chose car il se rembrunit. Il descendit sans un mot et l'aida à sortir à son tour, avant de lancer les clés au concierge afin qu'il rentre la voiture au parking. Sa langue avait fourché, voilà tout, se raisonna Ash.

Dans l'ascenseur, elle évita son regard. Mais une tension

électrique saturait l'air. Quand les portes s'ouvrirent, elle sortit la première. Submergée par une vague de gratitude, elle se retourna, se hissa sur la pointe des pieds et l'embrassa sur la mâchoire. Exactement comme elle l'avait fait quatre ans plus tôt. Son odeur musquée la projeta dans le passé. Puis l'énormité de son geste la rattrapa et elle recula, le visage en feu. Celui de Zach demeurait hermétique. Seigneur, il allait encore croire qu'elle cherchait à le séduire !

— Désolée. Je n'aurais pas dû faire cela, bredouilla-t-elle. Je voulais juste vous remercier pour… C'était une expérience inoubliable. Je vais me coucher, maintenant.

Et elle s'enfuit sans demander son reste.

Zach effleura sa mâchoire, s'attendant presque à y trouver une marque. Sa peau le brûlait là où les lèvres d'Ashling l'avaient touché. Il jura entre ses dents. C'était de sa faute. Pourquoi l'avoir laissée conduire ? Depuis qu'elle était réapparue dans sa vie, il enchaînait les décisions irrationnelles. Rien que pour cela, elle méritait d'être punie.

Dans le salon, le silence le frappa. Il ne l'avait jamais remarqué avant. Il faut dire qu'il s'autorisait rarement des pauses introspectives. Enfant unique, il avait été plus ou moins seul. Quand l'école avait révélé son potentiel, sa mère l'avait soumis à un programme draconien afin de garantir sa réussite, ne laissant de place ni aux amis, ni aux loisirs. Très vite, il avait appris à rester à l'écart. Pour se concentrer sur ses études, mais aussi parce qu'il se savait indésirable. N'avoir besoin de personne était devenu son armure. Et quand le vide en lui se faisait ressentir, il le comblait par le travail. Ou plus tard, par le sexe.

Ce vide, Ashling avait le don de l'exacerber. Sa présence enjouée lui manquait quand elle n'était pas là. Il y avait chez elle une exubérance qui charmait les gens. Les Stephanides en étaient la preuve. Elle le renvoyait à sa propre solitude et cela le troublait. Était-ce pour cette raison qu'il lui avait proposé une autre virée en voiture sans même s'en rendre compte ? Lui d'ordinaire si prudent avec les femmes… Il veillait toujours à éviter de leur donner de faux espoirs.

Un bruit lui fit tourner la tête. Ashling se tenait pieds nus dans l'embrasure de la porte. Son humeur pensive se dissipa d'un coup. Il avait suffi qu'elle apparaisse pour qu'il se sente moins seul.

— Je… je tenais à éclaircir tout malentendu, balbutia-t-elle. Ce que j'ai fait tout à l'heure ne voulait rien dire. Hier soir non plus. Je n'essayais pas de vous séduire.

Elle eut un petit rire qui sonnait forcé.

— Je n'ai eu que deux relations dans ma vie et elles n'ont pas duré longtemps. On ne peut pas dire que j'aie beaucoup d'expérience.

Son visage devint écarlate.

— Je ne sais pas pourquoi je vous raconte cela… Oubliez ce que je viens de dire. Je vous laisse…

— Non.

Zach savait qu'il devrait résister. Mais c'était plus fort que lui. Il attendait quelque chose d'Ashling. Quelque chose qu'il n'avait jamais cherché auprès d'aucune autre femme…

Une connexion.

Ash dévisageait Zach avec perplexité. Sa présence magnétique dominait la pièce, éclipsant jusqu'à la tour Eiffel scintillant dans son dos.

— Non, quoi ?

— Restez, précisa-t-il d'un ton bourru.

Le cœur d'Ash fit un salto. L'air semblait crépiter autour d'eux. Zach se délesta de sa veste et l'abandonna sur une chaise, puis vint se planter devant elle.

— J'ai prétendu ne pas être attiré par vous, hier soir… Tout comme il y a quatre ans, quand j'ai déclaré que je n'approcherais jamais une femme comme vous. C'était hypocrite. Vous m'avez marqué, Ashling. C'est pour cela que je vous ai reconnue. Je vous ai désirée au premier regard.

Ash déglutit. Alors elle lui plaisait…

— La femme qui vous accompagnait, ce soir-là…

— Elle m'a quitté. J'étais furieux, au début. Avant de m'apercevoir que cela m'était égal.

Parce que c'était elle *qu'il voulait ?*

Ash secoua la tête.

— Vous dites cela pour me flatter, juste pour me punir à nouveau.

Elle tenta de s'en aller, mais il lui prit la main et mêla ses doigts aux siens. Ce geste intime la troubla.

— La flatterie n'est pas mon genre.

Ash n'en croyait pas ses oreilles. Était-il sérieux ?

— Dans ce cas…

Zach l'attira à lui et pressa leurs mains entrelacées sur son torse tandis que sa main libre plongeait dans ses cheveux. Lentement, il pencha la tête. Il ne lui demandait pas la permission. Il n'en avait pas besoin. Cela crevait les yeux qu'elle le désirait. Ash faillit reculer. Pourquoi serait-il le seul à faire perdre pied à l'autre ? Puis sa bouche frôla la sienne et tous ses sens s'embrasèrent.

La bosse de son érection frottait sur son bas-ventre. Elle ondula contre lui pour apaiser la tension qui y grandissait. Leurs mains se désengagèrent. Celle de Zach fit glisser une bretelle le long de son épaule. La sienne explorait son torse, dur comme le roc sous ses doigts. Zach lui tira la tête en arrière et approfondit leur baiser, l'entraînant dans une spirale irrésistible. C'était comme si toute sa vie se réduisait à ce moment, où plus rien n'existait que le duel sulfureux de leurs langues.

Bientôt, sa bouche erra plus bas pour parsemer son épaule de baisers. En appui contre le canapé, il l'avait prise au piège entre ses jambes. Le désir palpitait entre les siennes sous la pression de son membre à cet endroit. Zach continua à tirer sur sa bretelle jusqu'à lui dénuder un sein. Il chercha ses yeux, le regard luisant d'intensité. Jamais elle ne se serait crue capable de faire un tel effet à un homme. L'inverse était vrai aussi. Son peu d'expérience ne l'avait pas préparée à un tel feu d'artifice, si explosif que sa raison l'abandonnait à vitesse grand V.

Oh ! Seigneur ! Les lèvres de Zach venaient de se refermer sur son téton, et leur exquise succion la transportait. D'instinct, elle lui agrippa les cheveux, sans savoir si c'était pour l'arrêter ou l'encourager. Sa langue taquinait la pointe hérissée, la caressait, la stimulait. Quand il se mit à la mordiller, le plaisir fut tel que des étoiles dansèrent devant ses yeux. Tout son corps tremblait, tendu vers une délivrance proche et pourtant inaccessible.

Puis la main de Zach se faufila sous sa robe, caressant ses cuisses avant de glisser sous sa petite culotte et de se refermer sur ses fesses. Ash n'arrivait plus à penser, ni à respirer. Mais une petite voix luttait pour se faire entendre à travers le brouillard de son plaisir. Elle connaissait à peine cet homme. Il était le patron de Cassie. N'était-il pas censé la haïr pour le sale coup qu'elle lui avait fait autrefois ? Alors comment pourrait-il…

Ash le repoussa dans un sursaut, délogeant sa bouche de son sein. Les doigts tremblants, elle remonta en hâte sa bretelle. Son sang battait dans ses veines. Son corps réclamait satisfaction. Elle n'était même pas sûre d'apprécier Zach. Pourtant, un lien s'était forgé entre eux, si intime qu'elle ne savait plus où elle en était.

— Ce n'est pas une bonne idée, bafouilla-t-elle. Cassie est mon amie. Vous êtes son patron. Vous n'avez même pas confiance en moi…

Les cheveux de Zach étaient emmêlés. Par sa faute, parce qu'elle s'y était cramponnée pour l'encourager à continuer. Elle sentait encore la délicieuse morsure de ses dents…

— Je n'ai confiance en personne.

Ces mots la firent frissonner. Il s'approcha du bar et se servit un verre d'alcool.

— Vous buvez quelque chose ?

Elle secoua la tête.

— Non, merci.

Il lui tournait le dos, distant tout à coup. Ash aurait voulu l'enlacer par derrière et se blottir contre lui. Ses ex-petits amis – doux, gentils, mais insipides – l'auraient laissée faire. Mais

Zach… Zach résisterait, elle le savait. Elle avait eu raison de faire marche arrière. Zachary Temple ne voulait pas être réconforté. Il n'était pas non plus le genre d'homme qu'elle admirait, elle pour qui bonheur et partage importaient plus que richesse et ambition.

Preuve que la passion était une chose dangereuse, conclut-elle. Elle obscurcissait votre jugement et vous poussait dans les bras de la mauvaise personne. Elle vous faisait croire en ce qui n'existait pas… comme pour ses parents. Et si elle avait choisi ses ex-petits amis en réaction contre cela, justement parce qu'ils la maintenaient dans sa zone de confort ?

Cette révélation l'ébranla. Soudain, elle n'était plus sûre de savoir qui elle était. Comment un homme comme Zach pouvait-il la fasciner ? Tout lui avait toujours été servi sur un plateau d'argent, et cela ne lui suffisait pas. Il visait maintenant l'une des plus puissantes banques d'Europe, juste pour l'ajouter à son portefeuille !

Ignorant le désir courant dans ses veines, elle recula vers la porte.

— Je… je ferais mieux d'y aller.

Zach ne se retourna pas.

— Oui, je le pense aussi.

Ash quitta la pièce, les jambes en coton. Elle avait l'impression d'avoir subi un tremblement de terre. Zach, en dépit de qui il était, avait réveillé quelque chose en elle qui ne se laisserait plus brider. Il l'avait changée, qu'elle le veuille ou non. Plus rien serait jamais comme avant.

Zach avala son whisky d'une traite. L'alcool lui brûla la gorge, mais ce n'était rien à côté du désir qui le consumait. Il avait réussi à le combattre la veille. Mais ce soir… Les baisers d'Ashling, sa langue hésitante, avaient eu raison de ses défenses. Ses membres graciles cachaient plus de force qu'il ne l'avait soupçonné. Ses seins étaient doux et fermes entre ses mains, sous ses lèvres…

Aucune femme ne lui avait jamais fait perdre le contrôle. Il avait vu ses pairs succomber à leurs instincts primaires et eu pitié d'eux. Mais là, à l'instant, il s'était fait l'effet d'une bête incapable de se maîtriser. Son corps tremblait de frustration. Ashling avait raison : ce n'était pas une bonne idée. Ne serait-ce que parce qu'elle n'était pas son genre. Il s'en voulait de son manque de jugement. Il lui avait confié des informations top secrètes, ce qui ne signifiait qu'une chose… La laisser partir n'était plus une option.

Ash avait une mine de papier mâché le lendemain matin. Son désir inassouvi l'avait empêchée de fermer l'œil. Zach, par contraste, était frais comme un gardon lorsqu'elle le rejoignit dans la salle à manger pour le petit déjeuner. Rasé de près. Tiré à quatre épingles. Le pire était de savoir exactement ce que cachait cette façade civilisée : un concentré de virilité au pouvoir létal.

Il leva la tête comme elle s'asseyait à table. Son expression impassible la déconcerta. C'était comme si la scène de la veille n'avait jamais eu lieu. Mais après tout, il avait plus l'habitude qu'elle de ce genre de situation. Une chance qu'ils ne soient pas allés jusqu'au bout. Comment aurait-elle été censée réagir ce matin, s'ils avaient couché ensemble ?

Il lui servit un café, l'air de rien. Une corbeille de délicieuses viennoiseries la mit en appétit.

— Qu'avez-vous de prévu, cette semaine ? demanda Zach.

Ash but une gorgée de café pour se donner une contenance. Elle réfléchit un instant.

— Eh bien, j'ai plusieurs cours de yoga à donner, et je dois m'occuper de Mme Whyte…

— Mme Whyte ?

— Ma voisine du dessus, vous vous souvenez ?

— Oui. Quoi d'autre ?

Ash posa sa tasse.

— J'ai aussi un ou deux services à faire au café. Pourquoi ?

— J'ai besoin que vous travailliez pour moi cette semaine.

— Pardon ?

— Gwen ne sera pas de retour avant une semaine. Même chose pour Cassie. Je suis toujours sans assistante, développa-t-il. J'organise une soirée dans ma villa du Somerset vendredi prochain. Georgios Stephanides sera là avec sa femme pour finaliser notre contrat. Je vous ai dit que l'accord était top secret. Rien ne doit filtrer tant qu'il n'est pas signé. Seule mon équipe juridique est au courant. Georgios pense que vous en faites partie et il vous apprécie. Il m'a envoyé un message ce matin indiquant qu'il espérait vous voir à la soirée.

— Mais vous n'avez pas confiance en moi.

Parce qu'il ne faisait confiance à personne. Par sa faute ? Était-ce une conséquence directe de ses actions d'il y a quatre ans ? Elle écarta cette idée. Peut-être lui avait-elle causé du tort, mais sûrement pas à ce point. Elle n'avait pas une telle influence. Il évoluait dans un monde où le cynisme régnait en maître, voilà tout.

— Précisément, répondit Zach. En plus de contenter Stephanides, je dois garder un œil sur vous.

Ash se vexa.

— Je ne suis pas une gamine. Et ce que je fais peut vous paraître insignifiant, mais des personnes comptent sur moi…

— Votre voisine n'apprécierait-elle pas une aide à plein temps ? la coupa-t-il.

Ash fronça les sourcils.

— Où voulez-vous en venir ?

— Travaillez pour moi cette semaine et je veillerai à ce qu'elle soit prise en charge aussi longtemps que nécessaire.

— Vous voulez dire… à vie ?

Zach haussa les épaules, comme si son offre était tout à fait normale. Une telle désinvolture fit voir rouge à Ash.

— Les gens ne sont que des pions pour vous, n'est-ce pas ? Vous croyez pouvoir claquer des doigts et chambouler ma vie juste parce que cela vous arrange ?

— Je ne laisse aucun obstacle entraver ma route.

— Parce que vous en avez le pouvoir.

— Parce que j'ai travaillé dur pour en arriver là.

— À d'autres, siffla Ash. Vous êtes né avec une cuillère en argent dans la bouche. Tout vous tombe tout cuit dans le bec.

Le visage de Zach se crispa.

— Qu'est-ce qui vous fait dire cela ?

— C'est évident.

Un malaise s'insinua en elle. Cela ne lui ressemblait pas de juger sur les apparences. Mais tout en Zach rimait avec privilège. Une réussite telle que la sienne n'était possible que lorsqu'on évoluait depuis sa naissance dans les plus hautes sphères de la société.

Ash revint au sujet qui les concernait.

— Vous seriez vraiment prêt à financer la prise en charge de Mme Whyte ?

— C'est comme si c'était fait.

— Je dois d'abord lui en parler… Voir si elle est d'accord.

— J'ai plus à lui offrir que vous ne le pourrez jamais, même avec la meilleure volonté du monde, pointa Zach.

Touchée. C'était un coup bas, mais aussi la vérité. Elle ne pouvait garantir qu'elle serait toujours là pour Mme Whyte, qui dépendait beaucoup d'elle au quotidien.

— Vous m'êtes toujours redevable, Ashling, rappela-t-il. Cet accord est capital pour moi. Si vous m'aidez à l'emporter, nous serons quittes.

Une bouffée de culpabilité envahit Ash. C'était elle qui lui avait fait perdre un gros contrat, quatre ans plus tôt.

— Je dois m'organiser, soupira-t-elle. Mes cours, le café…

— Faites ce que vous avez à faire.

Autrement dit, elle était mise devant le fait accompli. Aspirée dans l'orbite de Zach, que cela lui plaise ou non.

Alors qu'elle aurait dû être écœurée par la tournure des événements, une part d'elle en était secrètement excitée. Zach ne doutait pas une seconde de sa victoire. Et ne lui avait-elle pas donné raison, la veille, en lui tombant dans les bras sans résister ?

Prenant son courage à deux mains, elle formula la question

qui lui brûlait les lèvres :

— Et à propos d'hier soir ?

Le visage de Zach se ferma.

— C'était une erreur. Cela ne se reproduira plus.

6.

Zach détailla Ashling qui venait d'entrer dans son bureau. Elle arborait une combinaison de soie bleue sans manches, serrée à la taille par une ceinture jaune assortie au foulard à son cou et à ses sandales compensées. Un sac à main rose vif porté en bandoulière reposait contre sa hanche. Un vrai rayon de soleil… en complet décalage avec l'atmosphère de Temple Corp. Il s'abstint de tout commentaire. Après tout, ce n'était qu'un arrangement provisoire. Il aurait pu la laisser partir. Non… Il aurait *dû*.

Surtout après ce qui s'était passé à Paris.

Il chassa ce souvenir et se leva.

— Approchez, Ashling.

Elle semblait nerveuse. Elle avait dû surprendre son regard critique, car elle se justifia :

— Je n'ai pas l'habitude de ce genre d'endroit…

— Et qu'en pensez-vous ?

Elle regarda derrière lui.

— La vue est spectaculaire.

— Moins que les profits générés par ma société.

— Félicitations. Suis-je censée applaudir ?

Zach s'assit sur le bord de son bureau et croisa les bras.

— Vous voulez vraiment me faire croire que l'argent et la réussite ne vous intéressent pas ?

— Oh ! cela compte, le détrompa-t-elle. C'est juste que nous n'avons pas la même définition de la réussite.

— Intéressant de la part d'une passionnée d'Aston Martin…

La jeune femme s'empourpra. Ses réactions étaient fascinantes à observer.

— On peut aimer les voitures sans éprouver le besoin d'en acheter une pour l'exhiber comme un trophée, répliqua-t-elle.

Zach eut une grimace.

— Touché.

— Désolée… C'était injuste de ma part. D'autant plus que vous avez bien voulu me la laisser conduire.

Il s'éclaircit la gorge et se leva. Assez bavardé.

— Quelqu'un va venir vous expliquer notre système informatique, l'avisa-t-il. Votre travail consistera à gérer les problèmes mineurs au quotidien. Vous pouvez vous installer dans le bureau d'à côté.

Sitôt seule, Ash exhala longuement. En traversant les couloirs, elle s'était vite aperçue que tout le monde chez Temple Corp portait des tenues monochromes. À l'image de Zach en costume trois pièces gris anthracite. Même la décoration était sobre, sans doute pour limiter toute distraction. Pas étonnant que les gens se soient retournés sur son passage. Une sensation familière l'assaillit. Celle de ne pas être à sa place. *Et alors ?* se sermonna-t-elle. Ce n'était pas comme si elle avait choisi d'être ici. On l'y avait forcée.

Zach n'avait pas perdu de temps. Un représentant d'une agence d'aide à domicile était passé chez Mme Whyte, qui avait accepté la prise en charge proposée. De son côté, Ash avait demandé à deux amis de la remplacer, au studio de yoga et au café, en priant pour qu'ils aient un empêchement. Mais non, l'un comme l'autre avaient sauté sur l'occasion d'arrondir leurs fins de mois. Voilà comment elle se retrouvait là, dans ces bureaux tristes à mourir.

Malgré ses justifications, elle soupçonnait Zach de ne la faire travailler pour lui que pour son propre amusement. Une façon de prolonger son tourment. Il avait dû parier avec lui-même sur combien de temps elle tiendrait, aussi était-elle résolue à défier ses attentes. Sauf sur un point. Pas question de changer de style pour se fondre dans le décor.

Deux jours plus tard, Ash préparait le café avant l'arrivée de Zach. Elle n'était pas quelqu'un de matinal. Pointer au bureau à l'heure, fraîche et pimpante, lui coûtait un effort monumental. Mais l'expression incrédule de Zach en valait la peine. Il devait s'être attendu à ce qu'elle jette l'éponge dès la première journée. Cela l'avait encouragée à redoubler d'efforts. Grâce à quelques emprunts dans la garde-robe de Cassie, elle arborait chaque jour une tenue plus ou moins professionnelle. Selon ses propres critères, bien sûr, c'est-à-dire tout sauf monochrome.

Un bruit de pas dans le couloir fit battre son cœur plus vite. Zach semblait avoir déjà oublié l'épisode de Paris. Une *erreur*, comme il l'avait qualifié. Pour elle, c'était une autre histoire. La tension lui nouait les entrailles chaque fois qu'elle se trouvait en sa présence. Comme maintenant. Il venait d'entrer dans la kitchenette pour prendre son café. Ash lui tendit sa tasse, consciente de son regard sur elle.

— Rose, aujourd'hui ?

— Oui. Un problème ?

Le chemisier lavallière rose était un achat impulsif sur le chemin du retour, la veille. Un pantalon carotte à motifs floraux et des escarpins en daim bleus complétaient sa tenue du jour. Même pour elle, c'était assez… bigarré. Mais pour sa défense, mal réveillée ce matin, elle avait cru les chaussures noires.

Les yeux de Zach happèrent les siens.

— Aucun problème.

Au moment de s'en aller, il lui lança avec désinvolture :

— Au fait, nous avons une garden-party, ce soir. Nous partons directement après le travail.

— Je n'ai pas apporté de quoi me changer…

— Il y a un dressing sur place. Cassie y garde toujours quelques tenues en cas d'imprévu, dit Zach. Si vous ne trouvez rien d'adéquat, faites-vous livrer.

« Faites-vous livrer. » Comme on se ferait livrer une pizza…

Ash regagna son bureau, nerveuse à l'idée d'apparaître en public en tant qu'assistante de Zach. Et si on lui posait des questions complexes auxquelles elle ne savait répondre ? À Paris, elle avait improvisé. C'était différent, cette fois. Visiblement, Zach ne l'estimait pas assez punie. Le problème était qu'il remuait tant de choses en elle que, même s'il la laissait partir, elle n'était plus sûre d'en avoir envie.

En parlant du loup… Zach surgit dans son bureau, un objet en forme d'œuf à la main.

— Qu'est-ce que c'est que cela ?

— Un diffuseur d'huiles essentielles.

Elle indiqua celui sur son bureau.

— Le mien est un mélange de sauge et de menthe. La sauge pour purifier les énergies. La menthe pour apporter de la fraîcheur et renforcer les vibrations.

Zach fronça les sourcils.

— « Purifier les énergies » ? « Renforcer les vibrations » ?

— Oui. L'air est saturé de stress, ici.

— Mes employés sont stressés ?

— Disons très affairés, rectifia-t-elle avec une moue. Vous placez la barre très haut. Le vôtre, c'est de la bergamote, pour la concentration…

Elle laissa son explication en suspens, consciente de l'avoir perdu au mot « énergie ». Il fixa le diffuseur dans sa main, avant de faire demi-tour, l'air encore plus perplexe qu'à son arrivée.

Tous les employés étaient partis lorsqu'elle et Zach montèrent dans sa voiture en fin de journée. Après avoir exploré le dressing, Ash avait opté pour une robe droite à fines bretelles, d'un bleu roi profond, avec escarpins assortis. En voyant Zach en smoking, elle avait eu des doutes :

— Peut-être aurais-je dû choisir une robe de soirée ?

— Vous êtes très bien, avait assuré Zach. Vous serez là en tant que simple invitée.

Autrement dit, aucun risque qu'on la prenne pour sa partenaire, avait-elle lu entre les lignes. Aurait-il préféré emmener quelqu'un d'autre ? Une maîtresse, par exemple, sans passif qui l'empêche de l'exhiber à son bras ? D'après Cassie, il était discret à l'extrême sur sa vie privée. Cela frisait l'obsession. Peu de photos de lui avec une femme apparaissaient en ligne. Les rares exceptions ne le montraient qu'en compagnie de sublimes créatures. Aucun autre détail ne filtrait.

Ash eut mauvaise conscience. Ce qu'elle lui avait fait avait-il fini dans les journaux ? Elle n'avait même pas vérifié à l'époque, tellement elle avait honte. Elle allait lui poser la question quand Zach rompit le silence.

— Vous vous en sortez bien au bureau.

Ces mots la surprirent. Elle l'avait assez observé ces derniers jours pour le savoir avare en compliments.

— Merci.

— Vous n'êtes pas aussi étourdie que le dit Cassie, ou que vous-même voulez le faire croire.

La stupeur la laissa sans voix. Personne n'avait jamais vraiment pris la peine de creuser au-delà de l'image qu'elle renvoyait. Celle d'un électron libre menant une vie décousue. Une armure contre toute tentative de rapprochement trop intime, avait diagnostiqué sa mère durant son master de psychologie, période à laquelle elle analysait un peu tout le monde. Comment cet homme avait-il réussi à la percer à jour ? Elle se sentait dangereusement vulnérable, tout à coup. C'était idiot. Zach se moquait bien de comprendre qui elle était vraiment.

Elle affecta un air léger.

— Qui aurait cru qu'être serveuse et professeur de yoga me préparerait à travailler pour vous un jour ?

Zach fronça les sourcils.

— Vous n'êtes pas allée à l'université ?

Ash ravala un sentiment instinctif d'infériorité. Il lui avait fallu du temps pour surmonter son complexe de ne pas avoir fait d'études supérieures. Cassie elle-même disait souvent : « Ash, je travaille avec des gens qui collectionnent les diplômes, et tu es plus intelligente qu'eux tous réunis. »

— Non. J'ai une légère dyslexie, alors l'école n'a jamais été mon truc, expliqua-t-elle. Je préfère apprendre sur le tas.

Un fossé de plus entre elle et son père, issu des meilleures écoles qu'offrait son milieu privilégié.

Zach la dévisagea un long moment avec une expression indéchiffrable.

— Et vous ? lança Ash pour cacher son embarras. Vous étiez major de votre promotion, j'imagine ?

Son visage se rembrunit.

— Quelque chose comme cela, oui.

Cette réaction l'intrigua. Elle avait envie d'en savoir plus sur lui. Cet homme qu'elle avait étiqueté comme snob et arrogant se révélait bien plus complexe qu'elle ne l'aurait cru. Quoi qu'il en soit, il était clair que le sujet était clos.

— Qu'attendez-vous de moi ce soir ? questionna-t-elle.

— Restez à mes côtés. Soyez mes yeux et mes oreilles.

Il tourna la tête vers la vitre. Ash fit le salut militaire en son for intérieur. *À vos ordres, mon commandant.*

La résidence de l'ambassadeur américain était superbe avec son parc impeccablement entretenu, chaque allée et parterre tiré au cordeau. Ash, pour sa part, préférait des jardins un peu plus sauvages. Des serveurs en uniforme évoluaient avec fluidité entre les invités, offrant canapés et champagne millésimé. Un air de musique classique s'élevait du kiosque où jouait un petit orchestre.

L'homme à qui parlait Zach s'éloigna, et ce dernier se tourna vers elle.

— Qu'avez-vous pensé de lui ?

— Trop empressé. Rire forcé. Peu fiable, répondit-elle spontanément.

Elle manqua s'étouffer avec son champagne quand Zach s'esclaffa. Plusieurs têtes se tournèrent. Une délicieuse chaleur se répandit dans sa poitrine. Incroyable comme un simple rire transformait son visage. Il paraissait plus jeune, et encore plus séduisant.

— Voilà qui est direct. Et tout à fait pertinent.

Seigneur, il était vraiment irrésistible quand il se déridait. Et c'était elle qui en était la cause !

Il reprit son tour de la foule. Ash le suivait tant bien que mal sur ses talons hauts, consciente que la plupart des autres femmes portaient des robes longues. Comme si elle ne faisait pas déjà assez tache à une soirée aussi glamour… Une vente de charité était en cours dans une autre section des jardins. Des applaudissements leur parvenaient chaque fois qu'une personne remportait une enchère. Profitant d'une accalmie dans le flot d'invités avides de s'entretenir avec Zach, elle lui demanda :

— Vous ne participez pas aux enchères ?

Il la regarda droit dans les yeux.

— J'ai déjà fait un don substantiel. Inutile d'aller me donner en spectacle.

Une honte cuisante lui brûla les joues au souvenir de l'embarras dans lequel elle l'avait mis. La question jaillit de ses lèvres :

— Que s'est-il passé après ce soir-là ? Je sais que vous avez perdu un contrat ainsi que votre partenaire…

— N'est-ce pas assez ?

Ash regretta aussitôt son indiscrétion. Mais puisqu'elle était lancée…

— L'histoire a-t-elle fini dans les journaux ?

Zach poussa un soupir.

— Oui, dans la rubrique people de certains tabloïds. Cela n'a duré que quelques semaines. Ce sont surtout les rumeurs et le bouche à oreille qui ont fait le plus de dégâts. J'ai perdu en crédibilité, ce qui était sans doute le but de la manœuvre.

— Savez-vous qui était l'instigateur ?

— Oui.

Cette réponse irrévocable dissuada Ash d'insister. Le sourire de Zach s'était évanoui. Une nouvelle personne l'aborda et elle rumina en silence. Pourquoi son propre milieu lui avait-il tourné le dos ? Elle avait autant de chances de voir sa curiosité satisfaite que de gagner la confiance de Zach et l'entendre lui dire qu'il lui pardonnait. Peut-être n'aurait-elle pas dû aborder le sujet. Une trêve semblait s'être installée entre eux. Qui sait combien de temps elle durerait si elle s'obstinait à ramener le passé sur le tapis ?

Zach glissa un regard vers Ashling, qui oscillait distraitement au son de la musique à ses côtés. Son air lointain lui fit perdre le fil de la conversation en cours. Sa question sur ce qui s'était passé quatre ans plus tôt avait ravivé de mauvais souvenirs. La trahison lui restait encore en travers de la gorge. Il devait cependant reconnaître une chose : la jeune femme ne feignait pas son désintérêt pour le glamour et les paillettes. Personne n'était aussi bon comédien. Elle n'essayait pas d'aborder les célébrités présentes, ni n'avait rejoint la cour suspendue aux lèvres d'un ancien et très populaire président américain à quelques mètres d'eux. Son expression songeuse le rendait… jaloux ?

— À quoi pensez-vous ? se surprit-il à lui demander.

Question qu'il n'avait jamais posée à aucune femme avant. Ashling prit un air penaud.

— Désolée. Quand vous vous êtes mis à parler Bourse et actions, j'ai décroché.

— Pas de problème.

Ses joues se colorèrent.

— C'est cette chanson… C'est l'une de mes préférées.

Zach tendit l'oreille. Un morceau lent, aux sonorités jazz. Il l'imaginait se mouvant au rythme de la musique, souriant à son partenaire… Sur une impulsion, il lui saisit le poignet et l'entraîna sur la piste de danse, installée sous un bouquet d'arbres décorés de guirlandes lumineuses. La main d'Ashling était minuscule dans la sienne. Il avait envie de montrer les crocs à quiconque osait poser les yeux sur elle. D'habitude, il se félicitait de s'afficher avec une femme convoitée par les autres hommes. Une confirmation qu'il était bien « l'un des leurs ». Mais pas cette fois.

— Qu'est-ce que vous faites ? lui siffla Ashling.

Pour toute réponse, il l'attira dans ses bras. Elle était beaucoup plus petite que lui, mais leurs corps s'emboîtaient à la perfection. Exactement comme à Paris. Son sang s'échauffa dans ses veines à ce souvenir.

Elle arqua un sourcil.

— Je n'aurais jamais cru que vous aimiez danser.

Ce n'était pas une inclination naturelle. Sa mère, résolue à ce qu'il maîtrise tous les talents indispensables pour naviguer dans la haute société, lui avait fait prendre des cours. Non qu'il eût besoin de cours pour serrer Ashling contre lui et la faire tournoyer sur la piste. Elle était plus légère qu'une plume, son corps à la fois souple et ferme.

— Vous me trouvez ennuyeux, n'est-ce pas ?

La jeune femme s'empourpra.

— Pas ennuyeux, juste… sérieux.

Il se remémora ce que lui avait dit un professeur un jour, l'un des rares bienveillants à son égard : « Ne sois pas toujours si sérieux, Zach. Le monde ne s'arrêtera pas de tourner si tu t'amuses un peu. »

S'amuser. Échouer. Contrairement aux autres, c'était un luxe qu'il n'avait jamais eu.

— Que faites-vous pendant votre temps libre ? questionna-t-il avec curiosité.

Ashling se mordit la lèvre, et Zach dut faire appel à tout son sang-froid pour garder sa libido sous contrôle.

— Je lis, dit-elle. Lentement, à cause de ma dyslexie. J'aime cuisiner et faire du yoga. Sortir, danser en boîte… Je pratique aussi la nage en eau libre.

— La nage en eau libre ?

— La natation en milieu naturel, clarifia-t-elle. Mers, lacs, rivières… Mon spot préféré est l'océan Atlantique le long de la côte ouest de l'Irlande. C'est un endroit magique.

Zach possédait littéralement tout ce qu'il pouvait désirer. Fortune. Réussite. Alors d'où lui venait ce pincement au cœur en écoutant Ashling évoquer sa vie, aux antipodes de la sienne ?

Ash se serait giflée. Elle n'avait cité aucun loisir intellectuel ou sophistiqué. Elle devait avoir l'air d'une adolescente attardée !

— Et vous, avez-vous des hobbies ? demanda-t-elle pour donner le change.

Était-ce à cause de son corps pressé contre le sien ? Elle imagina Zach dans une boîte de nuit bondée, les yeux rivés aux siens tandis que la musique pulsait autour d'eux. Son jean et son T-shirt moulaient sa silhouette athlétique. Il capturait sa taille et la soulevait contre lui, puis l'embrassait avec passion…

La voix de Zach la tira de sa rêverie.

— Je vais à la salle de sport. Je cours. J'apprécie un bon whisky de temps en temps. J'ai aussi une moto, mais j'ignore à quand remonte ma dernière virée.

Le Zach du night-club céda la place à un Zach en veste de cuir chevauchant sa moto, avec cette barbe de trois jours qui accentuait son côté ténébreux.

Ash déglutit.

— Peut-être devriez-vous la ressortir ?

Une ombre mélancolique traversa les yeux de Zach. Ou était-ce son imagination ?

— Peut-être.

Submergée par le moment, elle prétexta un besoin d'aller aux toilettes et se libéra. Ses jambes tremblaient lorsqu'elle quitta la piste de danse. À son retour, elle s'attendait à le trouver entouré de gens. Mais il se tenait un peu à l'écart, en marge de la foule. Le cœur d'Ash se serra. Il avait l'air si… seul.

Elle se sermonna aussitôt. Zach ne méritait pas sa compassion. S'il était seul, c'était son choix. Pétri d'ambition, il ne tolérait aucune faiblesse dans son entourage… Mais au fond, elle savait que ce n'était pas si simple. Zachary Temple était une fascinante énigme. C'était bien cela, le problème.

Elle se dirigea vers lui d'un pas précautionneux. Pelouse et talons hauts faisaient rarement bon ménage. Comme pour le confirmer, l'un de ses talons s'accrocha dans l'herbe et elle bascula tête la première. Droit dans les bras de Zach. L'air se chargea d'étincelles. Le souffle d'Ash se suspendit. Il suffirait d'un rien pour qu'il resserre son étreinte et imprime ses lèvres sur les siennes. Son corps se pencha d'instinct en avant… Mais Zach la repoussa et l'aida à retrouver l'équilibre.

Le visage d'Ash s'embrasa. Dieu merci, personne n'avait été témoin de son humiliation. Peut-être planait-il une certaine attraction entre eux. Mais visiblement pas assez forte pour que Zach ne puisse y résister. Et même s'il y succombait, ce serait par pure curiosité, histoire de le changer des femmes qu'il fréquentait dans son milieu. Exactement comme son père avec sa mère, avant de décider que l'exubérance de cette dernière n'avait pas sa place dans son monde.

Ash se sentait ridicule, tout à coup. Elle avait trop parlé d'elle ce soir. Elle déparait dans cet endroit où les femmes n'affichaient aucune émotion et où tous les hommes, y compris Zach, rivalisaient de cynisme. Elle évita son regard, en proie à un violent tumulte intérieur.

— Que diriez-vous d'y aller ? proposa-t-il.

Elle acquiesça avec soulagement.

— Votre chauffeur n'a qu'à me déposer au métro le plus proche, déclara-t-elle lorsqu'ils furent dans la voiture.

— Pas question. Il va vous reconduire chez vous.

— Mais…

— Pas de « mais ». J'en ferais autant pour Cassie.

Cet argument la réduisit au silence. Son chauffeur ramenait en effet souvent Cassie lorsqu'elle finissait tard.

Une chance que son amie fût en voyage. Que penserait-elle en la voyant s'amouracher bêtement de son patron ? C'était ridicule ! Un homme qu'elle avait autrefois condamné sans appel… Mais peut-être avait-elle volontairement exagéré ses fautes pour apaiser sa conscience après ce qu'elle lui avait fait.

— Demain, je pars à Madrid pour vingt-quatre heures, l'informa-t-il. Votre présence ne sera pas nécessaire.

Son cœur sombra dans sa poitrine. Il la renvoyait. Elle l'avait embarrassé en trahissant son attirance pour lui, un peu plus tôt. Il ne l'avait engagée comme assistante temporaire que pour l'humilier. C'était désormais chose faite.

— … garderez la boutique en mon absence. Appelez-moi

en cas d'urgence. Et n'oubliez pas de faire votre valise. Gerard passera vous chercher au bureau à midi tapant jeudi.

Zach avait continué à parler, mais elle n'avait rien écouté. La voiture s'arrêta devant chez lui. Il la regarda, dans l'expectative.

— Pardon, qu'avez-vous dit ?

— La soirée dans ma villa du Somerset. Nous partons jeudi et serons de retour samedi.

Oh… Cela lui était complètement sorti de la tête. La réception dont les Stephanides seraient les invités d'honneur. Le contrat top secret. Il ne la chassait pas. Il avait juste un déplacement à Madrid.

— Je… Oui, bien sûr. Comptez sur moi.

Zach descendit de voiture et monta le perron. À peine eut-il disparu à l'intérieur que le chauffeur redémarra. Ash poussa un soupir, partagée entre deux émotions contraires. La joie de ne pas être renvoyée, et la honte d'en être à ce point soulagée.

7.

Tôt le lendemain, Zach s'envolait pour l'Espagne. La nuit avait été courte, entrecoupée de cauchemars. Il dansait avec une femme. Son corps ondulait lascivement contre le sien. Une bouche sensuelle lui souriait, et deux grands yeux bleus le regardaient avec l'air de vouloir comprendre ce qui se passait dans sa tête. Au début, ses cheveux étaient blonds et mi-longs. Puis elle enlevait sa perruque, révélant une flamboyante crinière rousse en dessous. Son sourire devenait sournois. Calculateur. Les gens autour d'eux s'arrêtaient de danser pour le fixer en riant.

Zach serra la mâchoire. Ne pas emmener Ashling avait été une décision de dernière minute. Peut-être était-ce une erreur, tout compte fait. Une occasion gâchée de la séduire une bonne fois pour toutes. C'était la conquête qui l'excitait. Passé cette étape, aucune femme ne gardait longtemps son attrait. Ashling lui plaisait, mais lorsqu'il l'aurait faite sienne, elle cesserait de l'intriguer. Ou d'exercer cet étrange pouvoir de lire en lui qu'il détestait.

Il songea au week-end à venir. Ashling ne serait présente que pour faire plaisir à Georgios Stephanides. Zach semblait lui inspirer davantage confiance avec la jeune femme à ses côtés. Il roula des yeux à cette pensée. L'idée que son succès dépende de quelqu'un d'autre l'ennuyait. Mais Ashling lui devait bien cela, après le contrat dont elle l'avait privé quatre ans plus tôt. Elle avait réduit des années de travail à néant. Sans parler de son humiliation et de la perte du respect de ses pairs si durement gagné. Au fond, sa dette ne serait pleinement acquittée que lorsqu'il l'aurait nue dans son lit, implorante et offerte.

Une onde d'anticipation fusa dans ses veines. Le week-end s'annonçait particulièrement gratifiant. D'ici la fin de la semaine, il aurait signé le plus gros contrat de sa vie, et Ashling aurait enfin payé pour ses torts.

Deux jours plus tard, Ash se faisait déposer à l'aérodrome où elle avait pris l'avion pour Paris. En apercevant Zach, elle prit une grande inspiration. Il était resté plus longtemps que prévu à Madrid. Mais ses trente-six heures d'absence ne l'avaient en rien immunisée contre son puissant sex-appeal. Il parlait à un homme en uniforme, sans doute le pilote de l'hélicoptère posé non loin, parfaitement décontracté en jean et polo noir, lunettes de soleil sur le nez. Ash avait eu beau l'imaginer dans ce genre de tenue, la réalité dépassait ses fantasmes. Le jean moulait ses fesses et ses cuisses avec une telle indécence qu'elle se faisait l'effet d'une voyeuse rien que de le regarder. Ses bras étaient croisés sur son large torse, ses biceps en évidence.

Ash déglutit. Elle descendit de voiture, en robe d'été multicolore, courte et sans manches, et spartiates. Des papillons s'agitèrent dans son ventre lorsqu'il tourna la tête et s'avança vers elle. Dieu merci, ses propres lunettes de soleil faisaient écran. Elle aussi pouvait jouer à cache-cache. Le chauffeur confia sa valise ainsi qu'une autre – celle de Zach, probablement – à un employé de l'aérodrome. L'homme à qui parlait Zach s'éclipsa.

— Alors, Madrid ? Comment était-ce ? s'enquit-elle.

— Bien.

Quelque chose dans son ton l'interpella. Une satisfaction teintée de suffisance. Avait-il passé son séjour avec une femme ? Peut-être avait-il une maîtresse là-bas. Une Espagnole incendiaire aux courbes dont Ash ne pouvait que rêver. Peut-être était-ce elle qui l'avait incité à rester. Peut-être savait-elle le détendre et le faire rire. Lui faire oublier le travail quand il l'embrassait, avec la même passion qu'il l'avait embrassée, elle…

Pathétique. Depuis quand était-elle jalouse ? Irritée contre elle-même, elle se dirigea vers le jet privé. Aucun homme ne l'avait jamais rendue jalouse. Pas même ses ex-petits amis quand elle les avait croisés plus tard avec leurs nouvelles compagnes. Au contraire, elle s'était réjouie pour eux.

— Où allez-vous ? lança Zach dans son dos.

Elle se retourna, désorientée. Il pointa l'hélicoptère du doigt.

— C'est cela que nous prenons.

Ash blêmit.

— Vous n'êtes jamais montée dans un hélicoptère avant ?

Elle secoua la tête. Elle ne savait si la perspective l'excitait ou la terrifiait.

— Venez, dit Zach en lui tendant la main.

Elle la fixa avec méfiance, avant de finalement se laisser guider vers l'appareil, où leurs bagages avaient déjà été chargés. Zach boucla sa ceinture pour elle tant ses doigts tremblaient. Il était si proche que son odeur lui tournait la tête. Elle se rappelait comme si c'était hier le goût de ses lèvres sur les siennes. Une vive chaleur se répandit dans son bas-ventre. Alors qu'il se redressait, elle demanda à brûle-pourpoint :

— Étiez-vous avec quelqu'un à Madrid ?

Il la dévisagea derrière ses lunettes de soleil. Le cœur d'Ash cognait à tout rompre.

— Oui, répondit-il après ce qui lui parut une éternité. Une demi-douzaine d'homologues financiers.

Le soulagement envahit Ash. C'était insensé. Elle n'avait aucun droit sur cet homme. Et était-ce son imagination ou avait-il un sourire en coin en s'éloignant ? *Bravo, ma vieille.* Si elle ne s'était pas encore assez trahie, elle venait de le faire dans les grandes largeurs.

— C'est *vous* qui pilotez ? s'exclama Ash en voyant Zach s'installer aux commandes.

L'autre homme, quant à lui, occupait le siège de gauche. Zach la regarda, un léger sourire aux lèvres – aucun doute, cette fois.

— Je n'ai plus que quelques heures de vol à accomplir pour

obtenir mon permis. Voici Steve, mon instructeur. C'est lui qui ramènera l'hélicoptère.

Ash adressa un pâle sourire à Steve, qui lui conseilla de mettre son casque. Quelques secondes plus tard, ils s'élevaient dans les airs. Visiblement, Zach était accro à l'adrénaline : Aston Martin, moto, et maintenant hélicoptère. Peut-être n'était-ce qu'un caprice de milliardaire. Mais elle avait le sentiment que Zach prenait tout cela très au sérieux. Encore un détail qui ne collait pas avec l'image qu'elle s'était toujours faite de lui.

Survoler Londres avait été une expérience magique. La Tamise serpentait entre ses édifices les plus emblématiques, semblables à des jouets de construction vus du ciel. Mais depuis un moment, la ville avait cédé la place à la campagne anglaise verdoyante. L'hélicoptère entamait à présent sa descente vers une propriété idyllique entourée de prés et de bois à perte de vue. La maison était un splendide manoir du XVIIIe siècle, avec un verger ainsi que des jardins privés. Un large chapiteau y avait été dressé en vue de la réception, autour duquel s'affairaient une multitude de gens. Deux plans d'eau attirèrent l'attention d'Ash. Le rectangle turquoise d'une piscine agrémentée d'un salon extérieur, et un lac situé un peu à l'écart au-delà des arbres. Une vive émotion l'étreignit. C'était exactement le genre de maison dont elle rêvait enfant, quand elle vivait dans le sous-sol de la villa du père de Cassie à Belgravia.

L'hélicoptère se posa dans un champ non loin du manoir, où un employé vint les chercher en voiturette de golf. Celle-ci cahotait sur le terrain inégal, si bien que son corps ne cessait de heurter celui de Zach à côté d'elle. Ash concentra son attention sur les préparatifs en cours pour se distraire. Arrivés sur place, ils descendirent du buggy et remontèrent l'allée traversant les pelouses. Les dernières touches étaient apportées à un espace ressemblant à une piste de danse. Sous le chapiteau, une armée de décorateurs installaient tables et chaises, tandis que d'autres suspendaient d'élégantes tentures. Mais le coin préféré d'Ash était celui où s'épanouissaient des fleurs de toutes les couleurs, dont une brise légère diffusait le parfum délicat. Typiquement le genre de jardin qu'elle adorait : au naturel, sans structure précise. Une terrasse longeait l'arrière de la maison, investie par des jardiniers occupés à entrelacer des branches de feuillage et de fleurs afin de former un décor végétal.

— Waouh ! s'exclama Ash. Je ne m'attendais pas à ce que ce soit aussi sophistiqué…

Une femme svelte aux cheveux argentés, la soixantaine environ, s'avança vers eux. Zach lui sourit et l'étreignit avec familiarité.

— Excellent travail, Diana. Tout est parfait.

— Les Stephanides sont arrivés en fin de matinée, l'informa-t-elle en lui rendant son sourire. Ils se reposent dans leur chambre.

Zach se tourna vers Ash.

— Ashling, voici Diana, ma gouvernante. Elle et son mari Rob supervisent tout ici.

Ash lui serra la main avec chaleur. Elle l'appréciait déjà.

— Ashling est une amie de Cassie qui a gentiment accepté de la remplacer en son absence, ajouta Zach à l'intention de Diana.

— Ravie de vous rencontrer.

— Tout le plaisir est pour moi, assura Ash.

— Diana va vous conduire à votre chambre. J'ai une entrevue avec Georgios cet après-midi, et nous dînons avec lui et sa femme ce soir.

Quelques minutes plus tard, Ash suivait la gouvernante à l'intérieur. À sa surprise, le manoir offrait de grands espaces ouverts, meublés avec goût. Les précieux artefacts anciens contrastaient avec les toiles contemporaines aux murs. L'atmosphère lui rappelait l'appartement de Paris. Où elle aurait pu coucher avec Zach si sa raison ne s'en était pas mêlée… Aurait-ce été une si mauvaise chose ? Elle avait laissé passer sa chance, sans vraiment s'expliquer pourquoi avec le recul. Tout ce qu'elle avait réussi à faire était dissuader Zach de tenter quoi que ce soit.

Au premier étage, Diana s'arrêta devant une porte qu'elle ouvrit pour elle.

— Voici votre chambre.

Ash entra dans la suite la plus somptueuse qu'elle ait jamais vue. Un immense lit à baldaquin dominait l'espace, orné de riches tentures dans les tons gris et bleus. La moquette était si épaisse qu'elle semblait engloutir ses pieds. Une ottomane occupait le pied du lit. Quant à la salle de bains, visible par la porte entrouverte, elle la laissa sans voix avec sa baignoire à pieds romantique et son lavabo en marbre aux robinets d'argent. Toute l'élégance moderne dans une demeure vieille de plus de deux cents ans.

Puis vint le dressing. Après Paris, Ash ne fut pas étonnée de le trouver rempli de vêtements. Robes de soirée, chemises pour homme, smokings… La sélection incluait aussi des tenues plus décontractées telles que des jeans, des chemisiers pour femme et des pulls en cachemire, et même des imperméables.

— Au cas où un incident oblige un invité à se changer, expliqua Diana. N'hésitez pas à vous servir si vous avez besoin d'une tenue pour ce soir.

Ash contempla avec envie les robes longues aux couleurs chatoyantes.

— Merci, mais j'ai ce qu'il me faut, répondit-elle à contrecœur.

La gouvernante partie, Ash ne put résister à la tentation d'explorer les lieux. Cet étage devait être celui réservé aux invités, supposait-elle. Au bout du couloir, un escalier aiguisa sa curiosité. Elle l'emprunta, seulement pour déboucher sur un autre couloir dont les fenêtres donnaient sur la piscine. L'eau limpide miroitant au soleil donnait très envie d'aller s'y baigner. N'avait-elle pas l'autorisation de Diana ? Apparemment, il y avait même des maillots de bain disponibles sur place…

Un bruit de voix derrière une porte la fit tressaillir. Elle s'en approcha et la voix se tut. Elle avança encore, faisant grincer une planche par mégarde. La porte s'ouvrit sur Zach.

— Désolée. Je ne voulais pas être indiscrète.

— Entrez, dit Zach.

Ash obtempéra. À l'évidence, il s'agissait du bureau de Zach, qui comprenait en réalité plusieurs pièces. L'espace était résolument masculin. Mobilier sombre. Bibliothèques jusqu'au plafond. Il y avait une salle de réunion avec une longue table, ainsi qu'un salon meublé d'un canapé et de fauteuils en cuir. Une télévision y diffusait les informations sans le son.

— Vous pourriez diriger votre société d'ici, commenta-t-elle.

— En effet.

Zach s'assit sur le bord de son bureau, bras croisés. Ash se mit à danser d'un pied sur l'autre.

— Désolée, vous êtes occupé. Y a-t-il quoi que ce soit que je puisse faire ? Superviser les préparatifs de la réception ?

— J'ai un organisateur qui s'en charge. Diana gère le reste.

— Je vois.

Elle se sentait nerveuse sous son regard pénétrant. Comme s'il savait quelque chose qu'elle ignorait.

— Si vous n'avez pas besoin de moi, je vais y aller…

— Vous êtes ici car M. Stephanides a requis votre présence.

Pas parce que Zach la voulait auprès de lui. *Inutile de remuer le couteau dans la plaie.*

— Je ne suis pas votre employée, rappela-t-elle, froissée malgré elle. N'importe qui d'autre aurait pu faire ce que j'ai fait ces derniers jours.

— Nous n'avons pas menti à Georgios. Il sait que vous n'êtes qu'une remplaçante, répondit Zach. Mais vous avez raison. Cessons de nous voiler la face.

— À propos de quoi ? Du fait que vous continuez à me punir car vous n'avez aucune confiance en moi ?

— Entre autres. Mais vous et moi le savons depuis le début… Il n'y a qu'une seule façon d'effacer vraiment votre dette, à même de nous satisfaire tous les deux.

La première fois qu'il avait dit cela, Ash avait mal interprété ses paroles. Mais elle doutait que ce soit le cas, cette fois. Alors pourquoi ne réussissait-elle pas à s'en indigner ? Pourquoi éprouvait-elle un sentiment bien plus ambivalent ?

— Où voulez-vous en venir, Zach ? Pourquoi suis-je ici ?

— Parce que j'ai besoin de vous pour signer ce contrat. Et parce que j'ai envie de vous.

Un brasier s'alluma entre ses reins.

— Nous en avons déjà discuté, bredouilla Ash. Cassie…

— Cassie n'a rien à voir là-dedans, la coupa Zach. Nous sommes deux adultes attirés l'un par l'autre. Nous n'avons de comptes à rendre à personne.

Elle leva le menton.

— Vous pensez que je vous suis toujours redevable ?

Il se leva et s'avança vers elle. Ash resta immobile, luttant contre cette force invisible qui la poussait vers lui.

— Je pense que le karma fait bien les choses, susurra-t-il. Vous m'avez coûté un contrat il y a quatre ans. Aujourd'hui, vous m'aidez à en conclure un autre. Vous m'avez aussi coûté une amante... Il est normal que vous la remplaciez, non ?

— Je suis sûre que vous avez eu de nombreuses remplaçantes depuis, rétorqua Ash, sarcastique.

Zach ne se tenait plus qu'à quelques centimètres d'elle.

— C'est vrai. Mais aucune que je n'ai voulue comme je vous veux.

Impossible de nier l'effet aphrodisiaque de ces mots. Tant d'arrogance méritait un rappel à l'ordre.

— Et si ce n'est pas réciproque ?

— Menteuse. Vous voulez vraiment jouer à ce petit jeu ?

Il consulta sa montre.

— Georgios sera là d'une minute à l'autre. Voulez-vous qu'il nous voie ensemble ? Ou préférez-vous admettre la vérité ? Nous le sentons tous les deux, Ashling. Peu importe que nous nous appréciions ou non.

Il était si près qu'Ash sentait son odeur musquée. Une ombre de barbe apparaissait déjà sur son menton, soulignant l'arc sensuel de sa lèvre inférieure. Son cœur s'affola. S'il l'embrassait maintenant, il aurait la preuve irréfutable que sa résistance n'était qu'une façade. Des voix leur parvinrent du couloir. Zach haussa un sourcil.

— Alors ?

Les voix se rapprochaient. Celle de Diana et une autre plus grave, avec un accent. Georgios Stephanides. La panique s'empara d'elle.

— Très bien, je le reconnais. J'ai envie de vous, mais...

Comment les choses se passeraient-elles ? Pour combien de temps ?

Zach glissa une main sur sa nuque et l'attira à lui. Il captura sa bouche dans un baiser brûlant avant de murmurer :

— Ne réfléchissez pas. Laissez-vous aller. Nous deux, ce sera bref, mais intense.

Il lâcha son cou, la laissant hébétée et les lèvres en feu, juste au moment où Diana entrait avec M. Stephanides.

— Ma chère ! Quelle joie de vous revoir ! s'exclama ce dernier. Autant vous prévenir tout de suite, ma femme compte sur un cours de yoga privé.

Ash accueillit le vieil homme avec un plaisir sincère, malgré la tension électrique entre elle et Zach. Et leur baiser incendiaire. Et ce à quoi elle venait de consentir.

— Je serais ravie donner un cours à Elena, assura-t-elle. Je vais de ce pas la rejoindre.

Elle se hâta vers la porte, pressée de mettre de la distance entre elle et Zach afin de digérer ce qui venait de se passer. M. Stephanides lança un regard soucieux à Zach.

— Je n'interromps rien, j'espère ?

Il gratifia Ash d'un sourire carnassier.

— Oh ! non. Pas d'inquiétude. Ashling sait parfaitement ce que j'attends d'elle.

8.

Ash s'examina dans le miroir. Elle avait les joues roses et les yeux brillants. Même sa séance de yoga avec Elena Stephanides n'avait pas réussi à calmer sa fébrilité, bien qu'elle n'eût pas revu Zach de la journée. *Tu vas vraiment le faire ? T'embarquer dans une liaison avec Zachary Temple ?* Qu'avait-il dit, déjà ? Que ce serait bref, mais intense…

Peut-être était-ce ce dont elle avait besoin après l'échec de ses deux dernières relations. Des histoires sérieuses, mais dénuées de passion. Fondées sur le respect mutuel, la compatibilité et les points communs. Tout ce qu'elle estimait important. Mais rien de tout cela ne comptait dans une aventure sans lendemain. Comme Zach l'avait souligné, ils n'avaient pas besoin de s'apprécier. Cela avait quelque chose de libérateur. Même si elle devait admettre que ses sentiments pour Zach avaient pris un tour ambigu.

Elle tourna sur elle-même devant la glace. Elle avait choisi une robe de cocktail couleur crème en mousseline de soie, avec un corsage froncé au décolleté en cœur et des bretelles incrustées de perles se croisant dans son dos. Côté accessoires, elle ne portait qu'un simple collier. Un nœud d'amour algérien, cadeau de sa mère. Une paire d'escarpins noirs, et elle était prête. « Laissez-vous aller… »

Inspirant profondément, elle sortit de sa chambre.

À quand remontait la dernière fois qu'il avait ressenti un tel frisson ? L'excitation de Zach était telle qu'elle éclipsait même son accord avec Georgios Stephanides. Leurs équipes juridiques arrivaient le lendemain à la première heure pour la signature du contrat. À l'issue d'une ultime et intense négociation, Georgios avait déclaré en le regardant droit dans les yeux :

— Je vais être franc, Zach. Si j'étais réticent à franchir le pas jusque-là, c'est parce que je ne vous pensais pas à même de saisir l'importance de l'héritage que je vous transmets. Vous êtes un loup solitaire, et les loups solitaires sont dangereux et imprévisibles. Mais vous avez eu l'intelligence de m'inviter chez vous, dans cette maison. Une maison familiale... Du moins le deviendra-t-elle un jour, j'en suis certain. Ashling...

— Ashling n'est qu'une employée, était intervenu Zach, choqué par l'insinuation de Stephanides.

Le vieil homme avait souri.

— Je suis peut-être âgé, mais pas aveugle. J'ai bien vu la passion entre vous.

Zach s'était abstenu de tout commentaire. Après tout, Georgios avait raison. Il y avait bien quelque chose entre lui et Ashling. Il ignorait simplement que c'était à durée limitée. Quant à l'idée que cette demeure abrite un jour une famille... Cela avait troublé Zach. Le fait est qu'il l'avait choisie sur un coup de tête, mû par un désir irrationnel. Il devait l'acheter, même si elle s'éloignait totalement de ses acquisitions habituelles.

— J'ai vu que le loup solitaire pouvait être dompté, avait conclu Georgios. C'est la raison pour laquelle j'accepte de signer.

Ridicule, songeait Zach en attendant ses invités dans la salle à manger. *Stephanides est un sentimental, voilà tout.* Il se servait un apéritif quand il sentit une présence derrière lui. Avant même de se retourner, il sut que c'était elle.

Ashling se tenait dans l'embrasure. Avant, il aurait pris son air hésitant pour de la comédie. Plus maintenant. Il savait ce que cela faisait de ne pas se sentir à la hauteur dans un lieu comme celui-ci. Il reconnaissait les signes chez elle. Elle était divine dans sa robe couleur crème, qui donnait à sa peau un éclat doré. Un étrange instinct protecteur l'assaillit. Un besoin de la rassurer. Il le refoula aussitôt. Ce genre d'émotion n'avait pas sa place entre eux.

— Vous buvez quelque chose ? proposa-t-il.

Elle franchit le seuil, et un éclair de désir le traversa à la vue de ses longues jambes nues. Il les imaginait nouées autour de lui dans un sensuel corps à corps…

— Un verre de vin blanc, si vous avez.

Même sa voix, douce et veloutée, mettait ses sens en ébullition. À croire que la décision de donner libre cours à son désir lui faisait maintenant perdre tout contrôle. Il s'obligea à se ressaisir tandis qu'il la servait en vin. Il valait mieux que cela.

— Vous êtes superbe, la complimenta-t-il.

Ses joues se colorèrent.

— Merci.

Elle semblait nerveuse et fuyait son regard. Zach avait l'habitude de femmes plus directes, surtout quand elles se savaient désirées. Mais lui avouer ce qu'il ressentait ne l'avait pas rendue plus sûre d'elle. Dans son milieu, la moindre faiblesse était exploitée sans pitié. Il voulait qu'elle le regarde. Il voulait voir ses yeux.

— Ashling…

— Bonsoir. J'espère que nous ne vous avons pas trop fait attendre ?

Les Stephanides venaient d'entrer dans la salle à manger. Zach jura en son for intérieur.

Ashling remercia le ciel de l'arrivée du couple. Elle avait hésité sur le seuil avant que Zach ne se retourne, freinée par ses vieux démons. De nouveau, elle s'était sentie de trop. Pas à sa place. Des souvenirs pénibles étaient remontés à la surface. Un en particulier.

Elle attendait que Cassie rentre de l'école, ce jour-là. En entendant la voiture, elle avait couru dans l'escalier, impatiente de revoir son amie. Alors qu'elle émergeait dans le vestibule en même temps que Cassie passait la porte, une main l'avait brutalement tirée en arrière. Le père de Cassie l'avait toisée avec dédain.

— Qui t'a dit que tu avais le droit d'entrer dans cette partie de la maison ?

— Mais papa ! avait protesté Cassie d'un ton plaintif.

Il l'avait réduite au silence d'un seul regard.

— Monte dans ta chambre, Cassandra. Tout de suite. Je t'ai déjà dit que, si tu voulais voir Ashling, c'était uniquement dehors ou au sous-sol.

L'humiliation était encore vive dans son cœur. Elle en avait ri avec Cassie après coup. Mais jamais elle n'avait oublié cette cuisante sensation de rejet.

La voix d'Elena la ramena au présent.

— Mon Dieu, ma chère, est-ce une robe Chanel ?

Ash sourit.

— Oui, une robe vintage. Je l'ai dénichée dans une friperie à Mayfair.

La vieille dame poussa un soupir.

— Dire que je me rappelle l'époque où elle était neuve…

Ash rit de bon cœur. Elena Stephanides lui offrait une distraction bienvenue en l'empêchant de penser à Zach. Trop tard pour revenir en arrière, désormais. Non qu'elle fût tentée de le faire. Mais cela ne l'empêchait pas d'avoir peur de se perdre avec Zach, consciente de la fragilité de ses défenses en ce qui le concernait. La vérité était qu'elle n'avait jamais mis son cœur en jeu avant. Pas réellement. C'était prendre le risque de se voir rejeter car trop « originale ». Elle s'était toujours targuée d'avoir plus de jugeote que cela. Mais elle n'avait jamais été vraiment testée…

Jusqu'à aujourd'hui.

— Approche.

Un délicieux frisson parcourut Ash. Le dîner était terminé. Après un dernier digestif au salon, Georgios et Elena s'étaient retirés.

À mesure que la soirée avançait, sa nervosité avait cédé la place à une anticipation croissante. Jamais elle n'avait été à ce point attentive à une autre personne, enregistrant les plus infimes faits et gestes de Zach. Sa façon de tenir son verre avec nonchalance. Son sourire. Ses yeux glissant vers elle chaque fois que les Stephanides s'adressaient l'un à l'autre. Elle avait eu l'impression de s'ouvrir un peu plus à chaque regard, telle une fleur s'épanouissant au soleil.

Le voir échanger avec le vieux couple, charmeur et détendu, lui avait rappelé combien il savait se montrer irrésistible. Elle ne faisait pas le poids. Il n'avait même pas eu à la séduire. Elle avait rendu les armes à la seconde où elle l'avait abordé, quatre ans auparavant, déclenchant la réaction en chaîne qui l'avait conduite ici ce soir.

Elle se tenait très droite sur sa chaise. Les Stephanides ayant investi le canapé plus tôt, Zach occupait le fauteuil en face d'elle. Il paraissait si sûr de lui… Elle éprouva soudain le besoin de résister, au moins un peu. Même si c'était futile.

— Approche, Ashling.

— Pourquoi serait-ce à moi de venir ?

Il arqua un sourcil, avant de se lever et de combler la distance qui les séparait. À sa surprise, il s'agenouilla devant elle.

— Satisfaite ?

L'air manquait à Ash. Zach posa les mains sur ses genoux et les écarta légèrement, les yeux chevillés aux siens.

— Je peux ?

Sa sollicitude dénoua le nœud dans son ventre. Elle fit oui de la tête. Il lui ouvrit les genoux plus grand pour se glisser entre eux. Une main se faufila sous sa robe et se mit à lui caresser sensuellement la cuisse. Toutes ses terminaisons nerveuses s'éveillèrent d'un coup.

— Je veux te voir, Ashling, susurra-t-il.

Les doigts tremblants, elle défit les bretelles incrustées de perles retenant son corsage, qui s'affaissa. Zach prit le relais et tira doucement dessus, l'exposant à son regard fiévreux. Ses seins étaient lourds, leurs pointes hérissées de désir. Zach appuya ses deux paumes contre son dos pour la pencher vers lui. Sa langue caressa un sein, puis l'autre. Sa bouche butinait ses tétons sensibles, les mordillait, avec une telle maestria qu'elle devait serrer les dents pour ne pas gémir. Ses mains dans les cheveux de Zach hésitaient entre le presser contre elle ou le repousser quand le plaisir devenait trop intense.

Lorsqu'il fit une pause, Ash mit quelques secondes à reprendre ses esprits. Zach recula, juste assez pour retrousser sa robe et lui ouvrir de nouveau les jambes. Elle eut le réflexe de les resserrer, mais quelque chose la retint. Le désir sans fard dans les yeux de Zach. Aucun homme ne l'avait jamais regardée ainsi. De l'index, il écarta sa petite culotte. Une vague de chaleur déferla en elle pour se concentrer à cet endroit précis. Zach pencha la tête et son souffle tiède balaya sa peau. Il parsema de baisers l'intérieur de sa cuisse, zone qu'elle découvrait incroyablement érogène. Plus il approchait du centre de sa féminité, plus elle se tortillait, chavirée. D'une main ferme sur son ventre, il l'immobilisa tout en la soulevant pour lui faciliter l'accès.

Sa bouche sur elle lui arracha une plainte. C'est à peine si elle avait conscience de ses doigts pétrissant son sein, pinçant et roulant son téton, tant elle tremblait sous les offensives de sa langue. Il l'explorait avec gourmandise, semblant se délecter d'elle. Une plainte lui monta à la gorge. Elle plaqua une main sur ses lèvres pour ne pas crier. L'extase montait en elle, inexorable. Ash résistait de toutes ses forces. Pour une raison mystérieuse, cela lui semblait important. Mais c'était impossible. Une ultime caresse la fit basculer, et le monde se délita autour d'elle en poussière d'étoiles.

À travers la brume enveloppant son esprit, elle perçut que Zach remontait son corsage sur sa poitrine. Le voir se lever lui donna le vertige. Le plaisir palpitait dans sa chair, vague après vague. Lorsqu'il lui prit la main et la tira debout, ses jambes vacillèrent. Sans hésiter, il la souleva dans ses bras comme si elle ne pesait rien.

Le calme régnait dans la maison. Les préparatifs de la

réception s'étaient arrêtés quelques heures plus tôt. Ash se sentait agréablement alanguie. Peut-être ne devrait-elle pas se laisser porter ainsi. Mais le torse de Zach était si confortable, et ses bras s'enroulaient si naturellement autour de son cou…

À l'étage, il dépassa la chambre qu'elle occupait pour continuer jusqu'à une porte au bout du couloir qu'il poussa d'un coup d'épaule. La vaste suite d'angle avait de hautes fenêtres donnant sur deux côtés de la propriété. Et un énorme lit. Zach la posa à terre. Ses chaussures étaient… quelque part. Elle avait le vague souvenir de les avoir enlevées après un échange avec Elena sur le supplice des talons hauts. Sa robe bâillait autour de sa poitrine. Zach baissa la fermeture dans son dos et elle tomba sur ses chevilles, entraînée par son propre poids. Ash ne portait plus que sa petite culotte. Il promena l'index le long de son épaule, de son bras. Traça la courbe de son sein.

— Tu es si belle…

Elle baissa la tête dans un accès de pudeur. Il lui releva le menton, comme s'il voulait lui dire quelque chose… Mais il se contenta d'entourer son visage de ses mains pour l'embrasser avec fougue. Le désir se réveilla dans ses veines. Elle voulait plus. Beaucoup plus.

Zach se déshabilla à son tour et jura lorsque sa chemise résista. Elle entendit un bouton sauter et atterrir par terre quelque part. Elle eut envie de glousser. L'envie lui en passa quand Zach fut entièrement nu. Il était à se damner, tout en muscles sinueux et virilité guerrière. Son membre se dressait fièrement, d'une taille impressionnante. La bouche d'Ash s'assécha. Zach s'offrait à son regard sans aucune inhibition. Et pourquoi en aurait-il ? Il était la perfection masculine incarnée.

— Je peux te toucher ? souffla-t-elle, prise d'une intense curiosité.

Zach acquiesça. Elle approcha une main timide, explorant son torse sculpté, traçant du doigt les sillons creusés par ses pectoraux. Ses abdominaux étaient durs comme de l'acier sous le duvet sombre. Ils n'étaient pas les seuls. Si elle avait besoin d'une preuve qu'il la désirait, elle l'avait sous les yeux.

Spontanément, elle enroula les doigts autour de son sexe. Les veines palpitaient contre sa paume et une moiteur tiède perlait à son extrémité.

— Ash, si tu continues comme cela, je ne tiendrai pas longtemps, dit-il d'une voix torturée.

Ash. Son cœur s'emballa. Elle retira sa main et se laissa allonger sur le lit. Sous son regard luisant de désir, elle se sentait puissante, tout à coup. Consciente pour la première fois du pouvoir de sa féminité. Mais lorsqu'il s'étendit sur elle, elle sut qui détenait vraiment le pouvoir. Il explorait son corps tel un aventurier découvrant une nouvelle terre. Chaque relief et vallée furent cartographiés par ses lèvres. Ses seins en particulier reçurent une attention soutenue. Sa culotte s'envola comme par magie et l'exploration reprit, plus érotique encore. L'action combinée de ses doigts et de sa bouche la rendait folle. Elle convulsait, au bord de l'abîme. Mais ce n'était toujours pas assez.

— S'il te plaît, implora-t-elle. J'ai besoin de toi en moi…

Un éclair de triomphe traversa les yeux de Zach. Ou était-ce son imagination ? Aucune importance. Elle le voulait, *maintenant*. Jamais elle n'aurait cru que le sexe puisse être aussi fort. Il y eut un bruit d'emballage qu'on déchire et Zach déroula le préservatif sur son érection. Puis il revint se positionner entre ses jambes. Elle retint son souffle lorsqu'il entra en elle.

— On va y aller en douceur, d'accord ?

Sa prévenance la toucha. Elle ne s'était pas attendue à cela. D'après son expérience, le plaisir de l'homme passait avant tout. À elle de trouver le sien. Avec Zach, c'était différent. Faire l'amour devenait une aventure à deux. Une quête de plaisir mutuel.

Zach la pénétra lentement de manière à lui laisser le temps de s'habituer. Il était si massif que cela faisait presque mal. Elle en avait la respiration coupée. Il dut le percevoir, car il se retira pour recommencer. Cette fois, elle accompagna le mouvement en expirant. Mon Dieu ! C'était incroyable ! Son corps s'étirait pour accueillir Zach, et un instinct vieux comme le monde prit les commandes. Elle se mit à bouger avec lui. Une façon de lui dire qu'il pouvait aller plus vite, cesser de se contenir.

D'une main, il lui souleva une cuisse et plongea tout entier en elle. Une plainte jaillit de ses lèvres. Son être s'embrasa, consumé par ce moment. Par cet homme et la tempête de sensations qu'il éveillait dans sa chair. Les va-et-vient de Zach avaient perdu toute douceur, concentrés en un crescendo frénétique, quasi animal. Elle s'envolait dans un concert de suppliques incohérentes. Quand il fit mine de se retirer, elle lui lança un regard désespéré.

— S'il te plaît, Zach…

Il exauça sa prière et, d'un ultime coup de reins, la propulsa vers des sommets si hauts qu'elle défaillit.

Lorsqu'elle revint à elle, Zach tirait un plaid sur elle. Elle était si sonnée par ce qu'elle venait de vivre, par le plaisir qui continuait à courir dans sa chair, que les mots lui échappèrent :

— Je n'aurais jamais cru que cela puisse être ainsi…

Zach se figea à côté d'Ashling. La jeune femme avait marmonné d'une voix indistincte, comme en état d'ivresse. Mais il l'avait entendue. Il avait beau avoir couvert sa nudité, il savait que chaque ligne de son corps resterait à jamais gravée dans sa mémoire. Lui non plus n'aurait pas cru que cela puisse être ainsi. Son propre corps palpitait, encore pris dans les affres du plaisir.

Alors pourquoi sa satisfaction se faisait-elle attendre ? Il avait eu ce qu'il voulait. Ashling, pantelante sous lui. Entièrement à sa merci. Elle l'avait supplié, esclave de son désir. Mais lorsqu'elle avait capitulé, c'est à peine s'il l'avait remarqué. Lui aussi avait perdu tout contrôle. Le moment de triomphe était passé sans qu'il ne songe à le savourer, trop aveuglé par un plaisir si dévastateur qu'il ne pouvait l'attribuer qu'à une alchimie défiant les lois de la nature.

Bref et intense. C'était ce qu'il avait promis à Ashling.

Question intensité, le contrat était rempli. Pour ce qui était de la durée… Après un orgasme spectaculaire, il avait encore envie d'elle. Comme si une fois ne suffisait pas. Un malaise s'insinua en lui. Et si cette passion qu'il avait libérée se révélait plus difficile à éteindre que prévu ?

Ash se réveilla alors que les premières lueurs de l'aube rosissaient le ciel. Elle se sentait désorientée. Son corps était différent… Repu et affamé à la fois. Drôle de contraste. Un mouvement à côté d'elle la fit tressaillir. Tout lui revint d'un coup. Retenant son souffle, elle tourna la tête.

Zach était endormi sur le dos, un bras alangui au-dessus de sa tête. Son torse nu se soulevait et s'abaissait à un rythme régulier. Le drap, bas sur ses hanches, formait une bosse éloquente. Les braises se rallumèrent entre ses cuisses, où ses muscles l'élançaient agréablement. Elle le contempla tout à loisir. Il paraissait plus jeune dans son sommeil. Ses longs cils noirs frémissaient contre ses joues. À tout instant, il pouvait ouvrir les yeux…

La crainte d'être prise en flagrant délit de voyeurisme la décida à sortir du lit. Elle remit sa robe et sa culotte, histoire de se couvrir le temps de regagner sa chambre. Alors seulement, l'énormité de ce qu'elle avait fait la rattrapa. L'expérience avait été époustouflante. Zach s'était montré si prévenant avec elle… Son corps était bien capable de passion, tout compte fait. « Bref et intense », avait dit Zach. Intense et exceptionnel serait plus juste. Ce n'était pas toujours ainsi, se persuada-t-elle. Hier soir n'avait été que l'explosion inévitable de toute la tension accumulée entre eux depuis qu'ils s'étaient revus, rien de plus. Si elle devait recoucher avec lui…

L'idée l'excitait autant qu'elle l'effrayait. Elle s'était montrée si vorace entre ses bras. Si désespérée. Une facette qu'elle ignorait posséder et qui lui faisait peur. Une passion de cette magnitude pouvait la consumer tout entière, en lui faisant oublier tout ce qu'elle avait appris sur les dangers de s'éprendre de la mauvaise personne et la nécessité de protéger son cœur. Était-elle vraiment assez forte pour tenir sur la durée ? Son instinct la mettait en garde. Une aventure prolongée avec Zach était à ses risques et périls.

Une tache de couleur attira le regard de Zach vers la fenêtre. Dans un coin reculé des jardins, Ashling donnait un cours de yoga à Elena Stephanides. Chacune occupait un tapis. La jeune femme se tenait en équilibre sur un pied, bras tendus, l'autre jambe repliée contre sa cuisse. Elena reproduisait la pose. Mais Zach n'avait d'yeux que pour Ashling et son corps de liane, dont il avait senti la force la nuit précédente. Dans ses cuisses en tenaille autour de ses hanches, ses muscles intimes l'aspirant possessivement…

— Zach ?

La voix de Georgios lui fit l'effet d'un seau d'eau froide en pleine figure. Bon sang, qu'est-ce qui lui arrivait ? Le vieil homme lui tendait un stylo, une lueur un peu trop perspicace dans le regard.

— C'est à vous de signer… À moins que vous n'ayez changé d'avis ?

Aucun risque. Chassant Ashling de ses pensées, il s'empara du stylo et parapha son nom à côté de celui de Stephanides. C'était le contrat du siècle pour lui. Son succès le plus éclatant. Celui qui le propulsait au rang de ses ancêtres. Il avait sa place dans leur monde désormais, sa famille ne pourrait plus le nier. Il devrait être extatique.

La jouissance était là, mais creuse. Presque un non-événement. Elle pâlissait en comparaison d'une autre jouissance, imprimée dans sa chair, véritable tsunami qui avait semé le chaos au plus profond de son être.

Georgios lui donna une tape amicale sur l'épaule.

— Prenez soin de mon héritage, Zach. Ne me faites pas regretter ma décision.

En temps normal, Zach aurait répondu par une platitude quelconque, comme il le faisait toujours dans cette situation. Mais contre toute attente, il sentait en lui l'émotion du vieil homme. Georgios ne le connaissait pas vraiment. Ils n'étaient pas liés par le sang. Pourtant, il lui témoignait une confiance que sa propre famille lui avait toujours déniée. Inexplicablement touché, il se leva et lui serra la main.

— Merci. Comptez sur moi.

Georgios et leurs deux équipes juridiques partis, Zach inspira profondément. Il se ramollissait. Le sexe, aussi exceptionnel soit-il, ne lui avait jamais fait cet effet-là avant. Il ne s'était jamais réveillé seul dans son lit non plus. D'habitude, c'était lui qui imposait des limites claires. Lui qui partait le premier. Un étrange pressentiment le saisit. Il se leva et s'approcha de la fenêtre. Ashling était maintenant pliée en deux, jambes écartées, son joli fessier en l'air dans son legging moulant. Un torrent de désir emporta ses doutes.

Pourquoi hésiter ? Le karma lui avait apporté Stephanides. Et aussi Ashling. Sa place était dans son lit, aussi longtemps que brûlerait ce feu entre eux. Leur passion consumée, il tournerait la page, libéré des fantômes du passé.

Peut-être Georgios avait-il vu juste. Peut-être cette maison abriterait-elle une famille un jour. Mais une famille différente de celle qui l'avait rejeté à la naissance. Celle qu'il fonderait assoirait sa réussite en ancrant son héritage dans la société. Alors tous les sacrifices qui avaient conduit à ce moment seraient récompensés.

9.

C'était la robe de ses rêves ! Une débauche de tulle et de soie ivoire, brodée de grandes fleurs multicolores dans un dégradé de rose et de pourpre. Les manches bouffantes lui arrivaient aux coudes, bordées d'un liséré de dentelle. Une surjupe de tulle rose foncé agrémentée de fleurs en appliqué cascadait jusqu'à ses pieds. Une vraie robe de conte de fées. Elle lui avait tapé dans l'œil dans le dressing et Ash avait fini par craquer. Elle *devait* l'essayer. Juste pour voir…

Elle se faisait l'effet d'une princesse. La robe semblait avoir été faite pour elle ! Pourquoi ne pas la porter à la réception ? Diana ne l'avait-elle pas encouragée à se servir ? Ash avait bien prévu une tenue spéciale. La même robe noire qu'elle avait mise pour accompagner Zach le premier soir. Elle lui avait paru raffinée, alors. Ce soir, inexplicablement, elle lui semblait terne et peu attrayante.

C'est à cause de la nuit dernière, lui souffla une petite voix. *Tu as des envies de romance… avec Zach Temple.*

Ash entreprit aussitôt de se changer. Un accès de rébellion l'arrêta. Quel mal y avait-il à être romantique ? Zach l'intriguait, c'est vrai. Ils avaient couché ensemble et l'expérience l'avait chamboulée. Mais elle ne se berçait pas d'illusions pour autant. C'était purement sexuel, rien d'autre. Était-ce si mal d'aimer se sentir belle et désirée ? Pourquoi ne pas profiter de l'instant présent ?

Elle fit la moue devant la glace. Ce n'était qu'une robe. Et puis, elle tenait à être à la hauteur ce soir. Zach n'avait pas paru de la journée, enfermé dans son bureau avec Georgios

Stephanides et leurs équipes juridiques. Elle jeta un nouveau coup d'œil par la fenêtre pour voir si elle l'apercevait.

Les jardins s'étaient métamorphosés en un paysage féerique. C'était une belle soirée d'été, idéale pour une réception en plein air. Des guirlandes lumineuses et des rangées de lanternes éclairaient l'espace, avec des grappes de tables et de chaises éparpillées ici et là. D'autres guirlandes accrochées aux arbres formaient un auvent de lumière au-dessus de la piste de danse. On eût dit un décor pour une pièce de Shakespeare…

Son pouls s'accéléra. Il était là, en smoking blanc et nœud papillon noir, un peu en retrait. Entouré de gens et pourtant si seul. Sa poitrine se serra. Comme s'il avait senti son regard, Zach leva la tête vers sa fenêtre. Elle recula d'un bond, le cœur battant. Mais elle ne pouvait pas se terrer là indéfiniment.

Elle enfila à la va-vite une paire de sandales roses à talons. À la dernière minute, elle piqua une fleur de soie jaune dans ses cheveux, qu'elle avait rassemblés en un chignon bas. Ça y est, le moment était venu de revoir Zach, pour la première fois depuis qu'elle avait fui son lit ce matin.

Bon sang, qu'est-ce qu'elle fabriquait ?

Zach rongeait son frein tandis que les invités investissaient les jardins, avec leurs flatteries et leurs sourires mielleux contre lesquels il avait appris à s'immuniser au fil du temps. Son besoin de voir Ashling frôlait l'addiction. Juste au moment où il allait partir à sa recherche, elle apparut sur la terrasse. Ses cheveux attachés sur sa nuque soulignaient la finesse de son visage. Et sa robe… Sa robe était une déflagration de couleurs dans un océan de noirs, gris et blancs. Une fleur égayait sa coiffure. Un sourire lui vint aux lèvres. Il n'en attendait pas moins d'elle.

Elle tourna la tête et le vit. Leurs regards se happèrent. Zach eut soudain la sensation que le sol se dérobait sous ses pieds. Ashling souleva le bas de sa robe et s'avança vers lui. L'étrange impression persistait. Il secoua la tête. C'était Georgios et ses drôles d'idées qui lui mettaient la tête sens dessus dessous.

L'odeur de sa peau l'enveloppa lorsqu'elle s'approcha. Comme quand il avait savouré son essence…

— Tu es magnifique, dit-il dans un effort pour se ressaisir.

Elle ne portait aucun bijou, à part le même collier que la veille. Un nœud d'amour, certainement d'une grande valeur sentimentale. Un présent d'un petit ami ?

— Merci.

Elle désigna timidement sa robe.

— C'est l'une des tiennes.

Zach arqua un sourcil.

— Vraiment ? Je n'ai pas souvenir de l'avoir déjà portée…

Elle éclata de rire et plusieurs têtes se tournèrent dans leur direction.

— Je voulais dire, l'une de ton dressing pour tes invités.

Ou ses amantes. La robe semblait avoir été faite sur mesure pour elle.

— Garde-la, dit-il sur une impulsion. Elle te va à merveille.

Ses yeux bleus s'arrondirent de surprise. De fait, cela ne lui ressemblait pas. Il n'aimait pas faire de cadeaux à ses maîtresses de peur de les induire en erreur.

— Je ne préfère pas. Mais merci. Je l'apporterai au pressing après…

La suite resta en suspens. La robe ne survivrait sans doute pas à ce qu'il avait en tête. Il songea à son lit vide quand il s'était réveillé et ce que cela lui avait fait ressentir.

— Tu étais partie, ce matin…

Elle prit un air penaud.

— Eh bien, pour être honnête, je ne savais pas si tu voudrais me trouver encore dans ton lit.

C'était la première fois qu'une amante mettait d'elle-même de la distance. D'habitude, l'initiative venait de lui.

— C'est de toi que j'avais envie, murmura-t-il.

— Encore ?

Elle avait parlé si bas qu'il faillit ne pas l'entendre. Un nouvel hameçon qu'elle lui lançait ? Non, ses doutes semblaient réels.

— Oui, encore.

Au moins, son désir dévorant pour elle n'était pas aussi flagrant qu'il le croyait. Un serveur passa près d'eux et il saisit deux coupes de champagne sur son plateau.

— J'ai quelque chose à fêter, ce soir, annonça-t-il en lui en tendant une.

Le visage d'Ashling s'éclaira.

— Le contrat avec Georgios Stephanides ?

Il confirma d'un hochement de tête. Étrange… Il était fier de sa réussite, mais célébrait toujours ce genre de victoire en privé, d'habitude. Pourquoi, ce soir, éprouvait-il le besoin de la partager ?

Ashling lui serra chaleureusement le bras.

— C'est formidable, Zach. Félicitations !

Ce fut plus fort que lui. Sans réfléchir, il se pencha vers elle et couvrit sa bouche de la sienne. Elle se raidit. Lorsqu'il recula, le désir voilait ses yeux bleus.

— Je… je pensais que tu ne voudrais pas que les gens sachent, balbutia-t-elle.

— Approche.

Ses joues s'empourprèrent. Il l'enlaça et la plaqua contre lui. Cette fois, quand il l'embrassa, elle s'abandonna pleinement à son étreinte. À contrecœur, il rompit leur baiser. Ashling garda les paupières closes, et Zach s'en réjouit en son for intérieur.

— Zach, vous voilà. M. Carmichael vous cherche partout.

La voix de Diana arracha Ash à sa transe. Zach la désirait toujours. Il ne voulait pas qu'elle s'en aille ce matin. Et il venait de l'embrasser devant tout le monde.

— Cela ne prendra qu'un instant, lui souffla-t-il.

Diana s'éclipsa discrètement. Alors qu'elle tentait tant bien que mal de remettre de l'ordre dans ses idées, Zach lui prit la main et l'entraîna à travers la foule. Elle but une gorgée de champagne pour se donner du courage. Mauvaise idée. La tête lui tournait encore plus. Zach la présenta aux nouveaux venus.

Mais c'était lui, le centre d'intérêt. Elle, ils se contentaient de la dévisager avec curiosité.

Du coin de l'œil, elle aperçut les Stephanides. Elle indiqua à Zach qu'elle allait à leur rencontre, saisissant au vol cette chance de s'éloigner. Elle avait besoin d'un répit pour reprendre ses esprits. Zach hocha la tête et la laissa partir. Son regard de braise l'accompagna tandis qu'elle s'éloignait. Ridicule, se raisonna-t-elle. Elle devait rêver.

Une heure plus tard, Zach commençait à s'impatienter. Où était-elle passée ? Lorsqu'elle avait accueilli les Stephanides, un cercle s'était formé autour d'eux, attiré par sa personnalité solaire. Il ne connaissait nulle autre femme comme elle. Personne dans son entourage n'exprimait ses émotions aussi ouvertement. Mais Ashling n'avait aucune arrière-pensée. Du moins, en apparence. Visiblement, elle n'éprouvait pas non plus le besoin de rester collée à lui. Apercevant Georgios et Elena, il s'excusa auprès de ses interlocuteurs et rejoignit le vieux couple. Elena mentionna un incident en cuisine. Ashling était allée offrir son aide.

En chemin vers la cuisine, Zach tomba sur Diana. La gouvernante était dans tous ses états.

— Ah, Zach ! Le chef a été conduit d'urgence à l'hôpital pour une suspicion d'infarctus. Rob est avec lui. Nous pensons qu'il devrait s'en tirer.

— Convoquez mon médecin et dites-lui de se tenir à disposition, enjoignit Zach. Avez-vous vu Ashling ?

— Elle est dans la cuisine, répondit Diana, embarrassée.

Zach la suivit sur place, où il découvrit un fourmillement général régenté de main de maître par Ashling en train de sortir un plat du four, un tablier par-dessus sa robe.

— Qu'est-ce que…

— Ashling était avec moi quand Rob m'a informée de ce qui se passait, expliqua Diana. Elle a tout de suite pris les choses en main. Elle est incroyable. Saviez-vous qu'elle avait suivi une formation de chef ?

Zach considéra la scène, partagé entre stupeur, agacement et fierté.

— Oui, elle l'a peut-être mentionné en passant…

Il s'approcha d'elle.

— Qu'est-ce que tu fais ?

— Je veille à ce que tes invités ne manquent pas de canapés, répondit-elle distraitement, l'air affairé.

— Personne d'autre ne peut s'en charger ?

— Tout le monde a paniqué quand Marcel s'est écroulé. Il fallait bien que quelqu'un intervienne.

— Tu as dix minutes pour passer le relais au sous-chef et revenir à la fête, décréta Zach.

— Est-ce une requête ou un ordre ?

Son sourire effronté alluma un feu en lui. Personne ne lui parlait ainsi. Et cela l'excitait, découvrait-il. Il tendit la main et lui caressa la nuque. Soudain, elle n'avait plus l'air si effronté. Le mouvement de ses yeux vers sa bouche amena un sourire sur ses lèvres.

— C'est un ordre.

Ash se glissa sous le chapiteau juste au moment où Zach entamait son discours d'introduction à la vente de charité. L'argent récolté scrait reversé à diverses fondations, dont une contre le cancer qu'il avait lui-même créée, apprit-elle. Elle n'était pas au bout de ses surprises. Cette fondation, il l'avait dédiée à sa mère, emportée par une forme rare de cancer, révélait-il dans son allocution. Il soutenait également le centre de soins palliatifs local qui l'avait accompagnée avec dévouement dans sa fin de vie.

L'audience buvait ses paroles. Rien d'étonnant à cela. Il était captivant sans être larmoyant, bien que le sujet fût à l'évidence très personnel. Au fond, que savait-elle de lui ou de sa famille ? Elle se demanda si son père était en vie. S'il avait des frères et sœurs. Zach était maître dans l'art de protéger sa vie privée. Ash comprenait, elle-même issue d'une famille peu conventionnelle.

Soudain, il la repéra au fond du chapiteau, et son regard la transperça. Après tout, le passé de Zach ne la regardait pas. Peu importait ce qui avait forgé son identité. En cet instant, seule existait la promesse explicite dans ses yeux.

Sitôt son discours terminé, il la rejoignit et l'entraîna hors du chapiteau, un peu à l'écart.

— Où en est-on de la crise des canapés ?

— Tout est sous contrôle, plaisanta Ash en ponctuant ses mots d'un salut militaire.

En toile sonore leur parvenait la rumeur de la vente qui débutait.

— N'es-tu pas censé assister aux enchères ?

Il secoua la tête, le visage à demi mangé par les ombres dans la nuit tombante.

— Ils s'en sortiront sans moi.

— Je suis désolée pour ta mère. Vous deviez être proches.

— En effet.

— Et ton père ?

— Il ne fait pas partie de ma vie, répondit Zach, crispé.

Ash supposa que ses parents avaient divorcé. Les invités ne participant pas aux enchères avaient investi la piste de danse, se mouvant au rythme sensuel d'un morceau de jazz. Parmi eux, Elena et Georgios, l'air amoureux comme au premier jour.

— Merci d'avoir aidé Diana en cuisine, déclara Zach. Tu n'étais pas obligée de faire cela.

— Ce n'est rien, protesta-t-elle.

— Que dirais-tu d'aller danser ?

— Pourquoi pas ?

Sur la piste, Zach l'enlaça étroitement. Ash croisa le regard d'Elena, qui lui adressa un sourire complice. Elle se faisait l'effet d'un imposteur à côté du vieux couple, dont les sentiments profonds l'un pour l'autre sautaient aux yeux. Ce qu'elle et Zach partageaient était « bref et intense ». Rien qui ne résiste au passage du temps.

— Est-ce un nœud d'amour ?

Ash s'arracha à ses pensées. Zach fixait le bijou à son cou.

— Oui, un nœud d'amour algérien.

— Cadeau d'un petit ami ?

— Non, de ma mère pour mes vingt et un ans.

— Tant mieux.

Cette réponse fit battre son cœur plus vite. Les lumières au-dessus de leurs têtes scintillaient comme autant d'étoiles. Chaque fois que Zach la faisait tournoyer, le tulle de sa robe virevoltait autour d'elle. L'ambiance était si romantique qu'elle n'était pas loin de croire au conte de fées…

Mais quand Zach la pressa de nouveau contre lui, et que son corps se liquéfia au contact de sa virilité, la réalité reprit ses droits. Tout cela n'était qu'une illusion. Ce qu'il y avait entre eux était purement physique, ni plus… ni moins. Son érection enflait contre son bas-ventre. Ash en avait le souffle coupé. Elle n'avait pas repris sa respiration que la main de Zach agrippait la sienne. D'un pas déterminé, ne s'arrêtant pour personne, il l'entraîna hors de la piste de danse, vers la terrasse, puis à l'intérieur de la maison. Un profond silence y régnait. Tout le monde était dans les jardins.

— Zach, où allons-nous ?

Une même urgence les animait tous les deux, elle le sentait. Ici. Maintenant.

Dans la salle à manger, il poussa une porte secrète, dissimulée derrière le même papier peint que le reste de la pièce. De l'autre côté se trouvait une bibliothèque dont les murs disparaissaient derrière des étagères remplies de livres. Sitôt la porte refermée, il se laissa choir dans un fauteuil et elle atterrit sur ses genoux dans un foisonnement de tulle. Leurs bouches se scellèrent. Folle de désir, Ash se mit à onduler contre son entrejambe.

— Chevauche-moi, grogna-t-il d'une voix rauque.

Elle souleva son encombrant jupon de manière à se positionner à califourchon sur lui. Déjà, les mains de Zach s'aventuraient sous la soie et lui caressaient les cuisses. La pénombre dissimulait son visage. Une dangereuse émotion montait dans la poitrine d'Ash. Elle la refoula pour s'attaquer à son nœud papillon. Puis elle se pencha et l'embrassa sur la mâchoire, âpre sous ses lèvres. Des bruits lui parvenaient. Une ceinture qu'on déboucle. Une braguette qu'on abaisse. La chaleur du corps de Zach l'étourdissait. Alors elle se hissa sur ses genoux et il plongea les doigts entre ses cuisses, stimulant sa chair moite à travers sa culotte. Des gémissements plaintifs lui échappaient. La rumeur de la fête résonnait au loin. La musique, les rires…

Lorsqu'il écarta la fine barrière de dentelle, elle se cramponna à ses épaules.

— Es-tu encore sensible ? Après hier soir ?

Ash rougit.

— Un peu. Mais ça va.

Il déroula le préservatif sur son membre, puis le prit en main pour le presser contre ses lèvres intimes. Ash vint à sa rencontre en descendant sur lui. Il l'empala. Lentement. Sensuellement. Jusqu'à l'emplir tout entière. Un soupir de plaisir passa ses lèvres. C'était si bon ! Les mains sur ses hanches, il l'encouragea à bouger de haut en bas, en prenant le temps d'apprivoiser la sensation. L'instinct d'Ash prit les commandes. Elle accéléra le rythme, ses mouvements de plus en plus fiévreux et frénétiques. Son corps en sueur s'arqua, tendu vers la délivrance ultime. Une part d'elle la réclamait, mais l'autre la redoutait…

— Laisse-toi aller, Ash. Je suis avec toi.

Il reprit sa bouche, juste au moment où l'orgasme l'emportait. Son cri de plaisir se perdit dans sa gorge. Les doigts sur sa taille s'enfoncèrent dans sa chair comme il jouissait à son tour et se déversait en elle.

L'onde de choc retomba peu à peu. Ash gisait contre Zach, le visage enfoui dans le creux de son cou. Elle le caressa de sa langue et, à sa surprise, le corps de Zach tressaillit. Il eut un petit rire. Envahie par une douce sensation de plénitude, Ash sourit et ferma les paupières.

Zach regagna la fête avec l'impression d'être ivre. Ivre de sexe. Il avait allongé Ashling sur le canapé et l'avait recouverte d'un plaid. Ce genre d'étreinte spontanée, c'était nouveau pour lui. Aucune femme n'avait jamais suscité en lui un désir aussi viscéral, exigeant d'être assouvi sur-le-champ. Un désir… qui était un peu plus que cela. Il revoyait l'expression d'Ashling pendant qu'ils dansaient. Ouverte. Un peu songeuse. Un puissant instinct l'avait poussé à ramener les choses sur un terrain plus charnel.

Ses amantes avaient toujours été des femmes pragmatiques et ambitieuses, dotées d'excellentes relations. Elles ne le regardaient pas avec l'air de sonder son cœur ou de s'être vu promettre plus qu'une liaison éphémère. S'il devait se ranger un jour, ce serait avec l'une d'elles. Quelqu'un qui ne semait pas le trouble dans ses émotions, ni ne réveillait de vieux rêves d'une autre vie possible. Celle qui lui avait été volée à la seconde où il était né.

Ce week-end avec Ashling… Assouvir son désir pour elle et régler ses comptes… C'était l'ultime étape avant de passer au prochain chapitre de son existence. Le contrat avec Stephanides était signé. Il était temps de prendre sa place parmi ses pairs et de prouver à la famille qui l'avait rejeté qu'il était leur égal.

Ash ouvrit les yeux, complètement désorientée. Elle était seule dans le lit de Zach. Deux coupes de champagne vides sur la table de nuit l'aidèrent à rassembler les pièces du puzzle. Après la bibliothèque, elle s'était réveillée dans les bras de Zach alors qu'il l'emmenait dans sa chambre.

— Ne devrions-nous pas retourner à la fête ? avait-elle protesté faiblement.

— Tout le monde est parti. Il ne reste plus que quelques retardataires, avait répondu Zach.

Elle s'était blottie contre son torse.

— Désolée de m'être endormie comme cela…

Le temps qu'ils montent à l'étage, elle était de nouveau parfaitement éveillée. Zach n'était plus qu'en simple chemise. Envolés, la veste et le nœud papillon. Sa robe à elle gisait encore ce matin au pied du lit dans un amas de tulle, fleurs et dentelle.

Ils s'étaient jetés l'un sur l'autre, toujours aussi affamés, même après leur interlude torride dans la bibliothèque. Cela l'avait un peu effrayée, cette addiction qu'il provoquait en elle. Plus tard dans la nuit, ils étaient descendus dans la cuisine picorer les restes du buffet. Zach lui avait prêté un pantalon de jogging et un T-shirt, si larges qu'elle avait dû rouler les jambes du pantalon et nouer le T-shirt sur son ventre. À l'aube, ils étaient remontés dans la chambre avec deux coupes de champagne et avaient refait l'amour.

Son corps était délicieusement repu et alangui. Elle se demandait où était passé Zach quand il émergea de la salle de bains, une simple serviette nouée autour de la taille. Elle déglutit, hypnotisée par le jeu de ses muscles tandis qu'il s'essuyait les cheveux.

— Salut ! lança-t-il.

— Salut…

Une inexplicable timidité s'empara d'elle. C'était idiot. Zach la connaissait plus intimement que n'importe qui d'autre. Il n'y avait pas une partie de son corps qu'il n'avait pas caressée, sucée ou mordillée.

— J'ai décidé de rester tout le week-end, annonça-t-il nonchalamment.

La poitrine d'Ash se serra. *Ça y est. C'est fini.* Ce n'aurait pas dû être une surprise. Elle n'était qu'une novice en matière de sexe. Pour elle, faire l'amour avec Zach devenait chaque fois plus fabuleux. Mais lui devait déjà se lasser d'elle. Elle ramassa le T-shirt traînant à côté du lit.

— Pas de problème, répondit-elle avec une désinvolture feinte. Je prendrai le train dans le village d'à côté. À moins qu'un employé de la soirée n'accepte de me ramener.

Zach fronça les sourcils.

— De quoi parles-tu ?

— Tu veux prolonger ton séjour, alors j'imagine que…

Sa phrase mourut sur ses lèvres comme Zach lâchait sa serviette pour venir s'asseoir près d'elle au bord du lit.

— Si je reste, toi aussi. Quel intérêt, sinon ?

Le cœur d'Ash s'emballa. Il la voulait ici avec lui.

— Ne passes-tu pas tout le week-end ici quand tu viens d'habitude ?

Il monta sur le lit et se positionna au-dessus d'elle.

— Non. En général, je repars tout de suite. Mais cette fois, j'ai envie de faire une exception.

Ainsi, il n'avait jamais fait cela avant. Avec personne. Ash s'interdit d'y accorder la moindre signification. Zach la dominait, tout en muscles et peau bronzée. La tentation était irrésistible. Elle ne devrait pas se soumettre si facilement à son bon vouloir. Mais n'était-ce pas un peu tard pour se rebeller ?

— Alors ?

— D'accord. Je reste.

Enhardie, elle tira sur la serviette couvrant Zach, qui tomba sur le lit, l'exposant dans toute sa glorieuse nudité.

— Oups…

Un sourire incurva les lèvres de Zach. La seconde d'après, sa bouche s'écrasait sur la sienne.

10.

Il était midi passé lorsque Ash se réveilla, seule dans le lit de Zach. Elle s'étira avec volupté sous les draps, puis se leva, renfila le T-shirt et le pantalon de jogging, et regagna sa chambre. Un coup d'œil par la fenêtre lui prouva une fois de plus l'efficacité de Zach. Les décorations de la réception avaient quasi toutes disparu et le chapiteau était en cours de démantèlement. Dans la salle de bains, son reflet dans la glace lui fit un choc. Joues roses, cheveux en bataille, marques rouges sur sa peau là où la barbe de Zach l'avait irritée… Elle se reconnaissait à peine ! Après avoir pris une douche et s'être habillée, elle se sentait déjà un peu plus maîtresse d'elle-même.

Au moins jusqu'à ce qu'elle retrouve Zach.

La voix de sa conscience se manifesta. Avait-elle bien réfléchi à ce qu'elle faisait ? Zach représentait tout ce qu'elle méprisait, et pourtant… Ce n'était pas si simple. Elle ne serait pas attirée par lui s'il n'était qu'un requin dévoré d'ambition, n'est-ce pas ? Il lui plaisait parce qu'elle découvrait en Zach un homme complexe, plein de nuances et de contradictions. Ou cherchait-elle seulement à justifier son choix de prolonger une liaison avec un homme dont elle savait qu'il n'était pas pour elle ?

Muselant ses doutes, elle quitta sa chambre. Elle portait la seule autre tenue qu'elle avait apportée, n'ayant pas prévu de rester tout le week-end. Une robe d'été jaune à bretelles, boutonnée sur le devant. Dans la salle à manger, elle tomba sur Diana en train d'arranger un bouquet de fleurs sur la table. La gouvernante la salua en souriant.

— Marcel, le chef, va beaucoup mieux, annonça-t-elle. Les médecins pensent qu'il a eu une sorte d'attaque de panique.

Le chef ! Il lui était complètement sorti de la tête ! Zach avait vraiment le don de lui faire tout oublier.

— C'est une excellente nouvelle, répondit-elle, sincèrement soulagée.

— J'ai appris que Zach et vous prolongiez votre séjour ?

Ash rougit.

— Oui. Navrée pour le travail supplémentaire…

— Pas du tout, protesta Diana avec chaleur. Je me réjouis de le voir profiter de la maison. C'est dommage qu'il vienne si peu souvent.

Une preuve de plus que ce week-end improvisé ne lui ressemblait pas. Des papillons remuèrent dans son ventre.

— Un déjeuner va vous être servi sur la terrasse, ajouta la gouvernante. Zach a des affaires à régler dans son bureau. Il vous rejoindra plus tard. En attendant, faites comme chez vous.

Elle lui adressa un clin d'œil.

— Il fait un temps superbe. Si j'étais vous, je profiterais de la piscine. Ou même du lac. On peut s'y baigner sans danger.

L'idée d'aller nager était séduisante. Mais une autre pensée lui vint.

— Savez-vous où sont les Stephanides ? Elena aimerait peut-être un cours de yoga…

— Oh ! ils sont partis il y a une heure en hélicoptère, l'informa Diana. Ils auraient aimé vous dire au revoir, mais Zach ne voulait pas vous déranger.

À bien y réfléchir, ce devait être cela qui l'avait réveillée. Le vrombissement de l'hélicoptère. Ash était déçue d'avoir manqué les Stephanides. Elle les appréciait beaucoup et ne les reverrait sans doute jamais.

— Je vois. Merci, Diana.

Ash déjeuna d'une salade sur la terrasse. Les jardins avaient presque retrouvé leur aspect d'origine, grâce à la diligence d'une armée d'employés affairés. Peu habituée à rester oisive, elle rapporta elle-même son assiette et ses couverts à la cuisine, aussitôt chassée par Diana.

Suivant les conseils de la gouvernante, elle se rendit au lac. L'endroit était absolument enchanteur. Par cette chaude journée d'été, la paisible étendue d'eau était une invitation trop tentante pour être ignorée. Ash regarda autour d'elle. La maison était hors de vue. Les arbres protégeaient le lac des regards indiscrets.

« Ne réfléchis pas », lui avait dit Zach. Elle déboutonna sa robe qui tomba sur le ponton. Sa culotte suivit le même chemin. Puis, avant que le cran ne lui manque, elle plongea dans l'eau.

Zach avait cherché Ashling partout. Aucun signe d'elle. Les derniers employés de la réception quittaient le domaine. Et si elle était partie avec l'un d'eux ? N'était-ce pas ce qu'elle avait suggéré quand elle avait cru qu'il la congédiait ? Sa réaction se comprenait. Il n'avait jamais rien fait de tel avant. Raison pour laquelle il évitait de s'appesantir sur ses motivations.

Il approchait du lac à présent, entouré d'épais bosquets. Un bruit lui parvint. Émergeant d'entre les arbres, il arriva près du ponton. La première chose qu'il vit fut une tache jaune… Une robe abandonnée là. Son souffle se suspendit comme il balayait le lac des yeux. Ashling flottait sur le dos, languide. Les monts jumeaux de ses seins dépassaient à la surface de l'eau, tendus vers le ciel. Son ventre pâle affleurait aussi et, plus bas, les boucles blond foncé de sa féminité.

La réaction de son corps ne se fit pas attendre. Ni une ni deux, Zach se déshabilla et s'enfonça dans l'onde en silence pour apparaître juste à côté d'Ashling. La jeune femme poussa un cri et perdit l'équilibre. Elle disparut sous l'eau, mais il la rattrapa et l'aida à remonter à la surface. Elle avala une grande goulée d'air, ses cheveux mouillés plaqués en arrière, son corps souple contre le sien.

— Qu'est-ce que… Je ne t'ai même pas entendu plonger !

Zach resserra son étreinte et elle s'accrocha à son cou. La

friction de ses tétons contre son torse fit affluer le sang vers son aine.

— Mets tes jambes autour de moi.

Elle s'exécuta sans discuter. Il l'embrassa, savourant la douceur de ses lèvres. Leur baiser prit un tour plus torride lorsqu'elle les entrouvrit tout en ondulant dans ses bras. Il plongea une main sous l'eau et la caressa le long de ses lèvres intimes, avant d'approfondir son exploration en glissant un doigt en elle, puis un second. Elle ne mit pas longtemps à s'arquer contre lui, et ses muscles se contractèrent en spasmes extatiques. Son visage hébété de plaisir était la plus belle des récompenses.

— Tu es si réactive…

C'était incroyablement gratifiant d'avoir cet effet sur elle. Presque assez pour lui faire oublier son propre désir. C'était compter sans Ashling. Son expression se fit lascive comme elle plongeait la main sous l'eau à son tour. Main qui encerclait maintenant son membre, allant et venant avec habileté, jusqu'à ce que lui aussi perde tout contrôle et jouisse entre ses doigts.

Encore sonné par son orgasme, il ne la retint pas quand elle s'écarta. Une agréable langueur inondait son corps.

— Si j'avais su qu'on s'amusait autant au lac, je serais venu avant.

— Tu n'y viens jamais ? s'étonna Ashling. Cet endroit est incroyable ! Si j'habitais ici, j'y nagerais tous les jours…

Son visage vira cramoisi.

— Non que je veuille vivre ici. Enfin, si. Qui n'en rêverait pas ? Ce que je veux dire…

Zach la prit en pitié et l'attira dans ses bras.

— Cesse de réfléchir, Ash.

Elle roula des yeux avant de se dégager à nouveau, un sourire provocateur aux lèvres.

— Le premier au ponton a gagné, le défia-t-elle.

— Et qu'est-ce qu'on gagne ?

— Le droit de faire tout ce qu'on veut au perdant.

— N'est-ce pas ce que je viens de faire ?

Elle l'éclaboussa sans crier gare et s'élança vers le ponton en fendant l'eau avec grâce.

Zach était tout disposé à perdre. Il la regarda s'éloigner, envahi par une sensation inconnue. Une insouciance qu'il n'avait jamais ressentie avant… et qu'il n'avait aucun désir d'analyser.

— J'ai donné leur week-end à Rob et Diana. Il y a de quoi nourrir un régiment dans le frigo. Nous ne mourrons pas de faim.

Alors ils n'étaient plus que tous les deux. Ash frissonna d'anticipation. Surtout après leur frasque coquine dans le lac. Zach s'était hissé sur le ponton tel un dieu émergeant des eaux, puis ils étaient rentrés au manoir, trempés sous leurs vêtements. Zach lui avait déclaré qu'il avait des appels à passer et elle en avait profité pour aller prendre une douche, histoire de recouvrer ses esprits. Un effort voué à l'échec tant qu'elle resterait avec lui, soupçonnait-elle. *Ou même après.*

— Je te sers quelque chose ?

Ash rejoignit Zach sur la terrasse pour un apéritif. Le crépuscule tombait, colorant le ciel dans un dégradé de violet profond.

— Un verre de vin blanc, s'il te plaît.

Il lui servit un verre, sexy en pantalon et polo noirs.

— Tu aimes la couleur, n'est-ce pas ? observa-t-il en l'étudiant.

Ash se mordit la lèvre.

— J'ai dû emprunter des vêtements. Je n'en avais pas pris assez pour le week-end.

Son choix s'était porté sur une combinaison bustier noire constellée de taches de couleurs vives.

— Cela te va bien.

— Je n'ai pas toujours aimé la couleur, confessa-t-elle. Avant, je préférais passer inaperçue.

Zach affecta un air choqué.

— Je ne te crois pas…

Ash réprima un sourire. Il était vraiment irrésistible quand il se déridait. Le plus grisant était qu'elle n'avait plus besoin de lui résister.

— Pourquoi préférais-tu passer inaperçue ? questionna-t-il.

Elle haussa les épaules.

— Ma mère était mère célibataire. Nous vivions dans un quartier chic en tant que domestiques. Dans mon école ultra-conservatrice, les autres enfants avaient tous leurs deux parents. Et maman… Disons qu'elle n'hésitait pas à exprimer sa personnalité avec ses cheveux en choucroute et son style tape-à-l'œil. Le père de Cassie faisait en sorte que je n'oublie jamais où était ma place.

— De quelle façon ?

Elle lui raconta la fois où il lui avait interdit de voir Cassie en dehors du sous-sol ou du jardin.

— C'était il y a longtemps, mais il m'arrive encore d'être intimidée parfois. Surtout dans des endroits comme celui-ci. J'ai toujours l'impression qu'on va me chasser pour violation de propriété.

Zach se tenait dans l'ombre, de sorte qu'elle voyait mal son visage. C'était plus facile de se confier de cette façon :

— À cette soirée, il y a quatre ans… Je n'ai compris que plus tard qu'ils avaient fait exprès de me rendre vulgaire pour te mettre encore plus mal à l'aise.

— Mais cela t'a affectée aussi ?

— Oui. Si cela peut te consoler…

— C'est du passé, maintenant.

— Vraiment ? murmura-t-elle, osant à peine poser la question. Alors je ne suis plus punie ?

Zach posa leurs deux verres sur la table et entoura son visage de ses mains. Dans ces moments-là, elle se sentait particulièrement vulnérable. Il ne tenait qu'à lui d'en profiter et de réduire son cœur en miettes. Elle retint son souffle.

— Fini la punition, susurra-t-il. Place au plaisir, désormais.

Et pour bien lui montrer la différence, il couvrit sa bouche de la sienne.

Ash flottait sur un nuage. Allongée sur un transat, elle prenait un bain de soleil au bord de la piscine, dans un bikini emprunté sur place. Les dernières vingt-quatre heures avaient été idylliques. Elle et Zach avaient à peine quitté le lit, sinon pour quelques descentes de ravitaillement à la cuisine. Ils étaient retournés nager dans le lac au lever du soleil. Un moment magique… Trop, peut-être. Elle en oubliait parfois la vraie nature de ce week-end. Une parenthèse, brève et intense. Si cela ne tenait qu'à elle, elle dirait adieu à sa vie normale. Contre toute attente, elle se sentait en paix ici, bien que ce milieu l'eût toujours mise mal à l'aise.

Zach sortit de la piscine, un mètre quatre-vingt-dix de pure perfection masculine ruisselant d'eau. Son caleçon de bain trempé ne laissait que peu de marge à l'imagination.

— Tu es sûre que tu ne veux pas venir nager ?

Ash joua les blasées.

— Je préfère profiter de la vue.

Elle gloussa lorsqu'il se jeta sur elle en l'éclaboussant de gouttelettes. Cette facette décontractée de Zach était une révélation. Elle le rendait encore plus séduisant. Un seul baiser eut raison de sa fausse nonchalance. Le feu qu'il attisait en elle rien qu'en la regardant était addictif. Elle avait souvent entendu parler du sexe comme d'une drogue… Maintenant, elle comprenait pourquoi.

Quand il recula la tête, elle suivit le mouvement, tant elle aurait voulu que ce baiser ne s'arrête jamais.

— Ce doit être génial de grandir dans une maison pareille, lança-t-elle alors qu'il s'installait sur le transat à côté du sien.

— Sûrement, commenta Zach.

Ash fronça les sourcils.

— Le manoir n'appartient pas à ta famille ?

— Non. Je l'ai acheté il y a quelques années.

Ce qu'il avait dit sur son père lui revint en mémoire.

— Tu as mentionné que ton père était absent de ta vie. Tes parents ont-ils divorcé ?

Zach garda le silence un long moment.

— Ma mère était mère célibataire, finit-il par répondre. J'ai grandi dans un HLM, dans l'un des quartiers les plus mal famés de Londres.

C'était si inattendu qu'Ash mit plusieurs secondes à assimiler ce qu'elle venait d'entendre. Elle se redressa comme un ressort. Zach lui lança un regard moqueur.

— Tu ne t'en serais jamais doutée, pas vrai ?

Ce n'était rien de le dire. Elle était sous le choc.

— Mais tu es allé dans une école privée, puis à Cambridge, balbutia-t-elle.

— Grâce à des bourses.

Un froid l'envahit malgré la chaleur.

— Ton père…

— Il ne voulait rien avoir à faire avec moi. Il avait une autre famille avec une épouse respectable.

— Tu as des demi-frères et sœurs ?

— Oui.

Ash entoura ses genoux de ses bras. Elle avait l'impression d'entendre sa propre histoire.

— Je croyais que tu étais né dans ce monde…

— Celui des riches et privilégiés.

L'expression de Zach demeurait impassible. Mais elle percevait la tension émanant de lui. Elle s'était trompée sur toute la ligne à son sujet.

— Pourquoi ne pas m'avoir corrigée ?

Il haussa les épaules.

— La plupart des gens préfèrent s'accrocher à leurs préjugés plutôt qu'admettre leurs torts.

Ash accusa le coup. Il avait raison.

— Je me suis toujours targuée de ne pas juger les gens, murmura-t-elle. Mais je t'ai jugé, toi.

Parce que cela l'arrangeait.

— Tu as vu ce que tu voulais bien voir.

Elle s'assit sur le bord du transat, en proie à un violent tumulte intérieur.

— Zach, toi et moi avons vécu la même chose. As-tu… as-tu déjà rencontré ton père ?

Sans crier gare, il la tira par le bras. Elle se sentit décoller et s'affala sur lui, la poitrine écrasée contre son torse humide.

— Je connais une meilleure façon de passer le temps que parler de mon père.

Ses mains erraient lascivement dans son dos. Sur sa taille. Elles s'aventurèrent vers ses seins, à peine couverts par le bikini osé qu'elle avait eu l'imprudence de choisir.

Ses caresses s'interrompirent.

— Mais si tu préfères parler…

Sa température interne grimpa en flèche. *Maudit soit-il !* Il savait exactement l'effet qu'il avait sur elle. C'était une révélation de taille qu'il venait de lui faire. Elle comprenait mieux que personne son besoin de faire diversion. Peut-être n'était-elle pas prête non plus pour cette conversation, susceptible de changer en profondeur leur dynamique. Lâchement, elle planta les mains de chaque côté de sa tête et approcha ses lèvres des siennes.

— Parler, c'est tellement surfait…

— Tu n'es pas obligée de faire à manger…

— J'aime cuisiner. Sois beau et tais-toi.

Ash poussa un verre de vin vers Zach, assis de l'autre côté de l'îlot. Elle aimait cuisiner car cela l'apaisait, surtout quand quelque chose la travaillait. Les confidences de Zach tournaient en boucle dans sa tête. Oh ! il avait su la garder occupée tout l'après-midi. Jusqu'à ce qu'il s'endorme et qu'elle se décide enfin à sortir du lit. Elle avait pris une douche, puis était descendue à la cuisine. Le frigo et le cellier remplis de provisions lui avaient donné l'idée de préparer le dîner. Le problème était que l'objet de ses ruminations se tenait maintenant à quelques mètres d'elle, en T-shirt noir et jean délavé au stupéfiant pouvoir de distraction.

— Que prépares-tu ?

— Un risotto aux fruits de mer.

— Comment en es-tu venue à suivre une formation de chef ? s'enquit Zach.

— C'est arrivé l'année où ma mère m'a emmenée à Paris pour mon anniversaire, dit-elle en ajoutant des oignons, de l'ail et divers autres ingrédients dans la poêle.

— Quand tu avais dix-huit ans ?

Ash leva les yeux, touchée qu'il s'en souvienne.

— Oui. Je suis tombée amoureuse de la cuisine française. Alors j'ai économisé et j'y suis retournée afin de suivre une formation. Je travaillais comme serveuse en même temps pour gagner ma vie.

— Pourquoi n'en as-tu pas fait ton métier ?

Elle ajouta le riz dans la poêle en remuant avec une cuillère en bois.

— J'ai vite compris que je n'étais pas faite pour être chef. Je n'avais pas le bon tempérament.

— Tu es trop gentille.

Ash sourit tout en versant du vin blanc dans son mélange, ainsi que du bouillon. Le regard de braise de Zach lui brûlait la peau. Sa robe blanche épaules nues avait beau la mettre en valeur, elle s'étonnait encore de lui inspirer un tel désir. Mais le temps leur était compté. Le week-end touchait à sa fin. Demain, ils reprendraient leurs vies chacun de leur côté…

— Et toi, as-tu déjà rencontré ton père ?

La question de Zach la prit au dépourvu.

— Tu as le droit de me demander cela, mais pas moi ?

— Tout à fait, confirma-t-il avec un sourire insolent.

Ash détestait parler de son père. Sa mère avait fait de son mieux pour ne pas laisser la rancœur la contaminer. Mais son amertume à elle persistait. Surtout après leur dernière rencontre.

— Je l'ai vu trois fois, répondit-elle. La première fois, j'avais quatre ans. Tout ce dont je me souviens est que mes parents se disputaient. La deuxième fois, c'était pour mes neuf ans. Cela a été un fiasco.

— Pourquoi ?

— Il m'a emmenée dans un magasin de jouets haut de gamme, raconta-t-elle. Mais les jouets ne m'intéressaient pas. Tout ce qu'il savait faire était m'acheter des choses inutiles. Il ne cherchait pas à me comprendre. Moi, ce que je voulais, c'était passer du temps avec lui. Je portais une robe rouge, ce jour-là. Il m'a reproché d'attirer l'attention. Il devait être terrifié à l'idée qu'on le reconnaisse. J'ai pleuré et cela l'a encore plus fâché. À l'adolescence, j'ai adopté un style plus discret dans l'espoir qu'il me donne une autre chance.

— Et aujourd'hui, tu portes des couleurs vives pour lui montrer que son opinion t'est égale ?

L'émotion lui noua la gorge. À croire que Zach lisait en elle...

— Et la troisième fois ? questionna-t-il.

Ash déglutit.

— C'était il y a quatre ans. Pas longtemps avant... avant ce fameux soir.

Elle lui jeta un regard furtif, auquel il répondit par un hochement de tête encourageant.

— Cassie et moi étions allées au théâtre. Je l'ai aperçu dans la foule. Cela a été un tel choc que j'ai agi sans réfléchir. Cassie a essayé de m'arrêter, mais je me suis frayé un chemin jusqu'à lui et lui ai tapé sur l'épaule. Il ne m'a même pas reconnue. J'ai dû lui expliquer qui j'étais.

La rudesse avec laquelle il l'avait entraînée à l'écart restait très vive dans sa mémoire.

— Que s'est-il passé ensuite ?

De nouveau, elle feignit la désinvolture.

— Disons qu'il m'a fait comprendre que je n'étais pas la bienvenue dans son milieu. Je n'avais pas réalisé qu'il était avec sa famille. Il craignait que je fasse un scandale.

Zach paraissait écœuré.

— *Son* milieu ? Tu avais autant le droit que lui d'être là.

— C'est ce que Cassie a dit.

— Certaines personnes ne devraient jamais devenir parents, gronda Zach.

Ash força un sourire sur ses lèvres. Elle ne voulait pas que ces souvenirs pénibles gâchent leur dernière soirée.

— Ma mère est formidable, reprit-elle. J'ai beaucoup de chance de l'avoir. Et la tienne, comment était-elle ?

Il se leva et s'approcha de la porte-fenêtre, son verre de vin à la main. Elle crut qu'il allait l'ignorer, de sorte que le son de sa voix la surprit :

— Elle était… déterminée.

— Ambitieuse, tu veux dire ? demanda-t-elle en versant les fruits de mer dans la poêle.

Zach eut un rire sans joie.

— Non. D'après elle, une mère célibataire n'a pas le luxe d'avoir de l'ambition.

La poitrine d'Ash se serra. La vie de mère célibataire était difficile. Elle était bien placée pour le savoir.

— Elle n'avait pas les moyens de se payer des études ?

— Elle était intelligente. La première de sa famille d'ouvriers à aller à l'université, raconta Zach. Elle cumulait trois petits boulots pour payer ses frais de scolarité. L'un d'eux était femme de ménage à la Chambre des communes. C'est là-bas qu'elle a rencontré mon père.

Ash écarquilla les yeux.

— Ton père est un homme politique ?

— À la retraite, maintenant. C'est un pair du royaume, énonça-t-il avec sarcasme.

— C'est pour cela qu'il ne voulait pas te connaître ?

— Il avait peur qu'un enfant illégitime ne compromette sa réputation. Il a payé ma mère pour qu'elle fasse le nécessaire. Mais elle lui a renvoyé l'argent en déclarant qu'elle comptait me garder.

Le risotto commença à grésiller. Ash se remit à remuer.

— J'ai grandi avec le sentiment de devoir justifier mon existence, continua Zach. Je devais prouver ma valeur pour compenser les sacrifices de ma mère. C'est moi qui lui ai volé sa vie.

— Mais elle devait être fière de toi, non ? murmura Ash.

— Elle était surtout fière du message que ma réussite envoyait à mon père. Il ne l'avait pas brisée et j'avais réussi sans lui. Je m'étais fait une place dans son monde. Celle qui me revenait de droit, selon elle. C'était son obsession.

— L'as-tu déjà rencontré ? Ton père ?

Zach revint vers l'îlot et posa son verre vide. Son regard était fuyant. Cela ne lui ressemblait pas.

— Zach ?

Il leva la tête. Quelque chose dans son expression lui donna un mauvais pressentiment.

— Nous fréquentons les mêmes cercles depuis quelques années. Nous nous évitons autant que possible, dit-il évasivement.

Le jour se fit dans l'esprit d'Ash. Son sang se glaça.

— Il était là, n'est-ce pas ? Ce soir-là, il y a quatre ans… Il a assisté à toute la scène.

Ses jambes se dérobèrent et elle se laissa choir sur un tabouret. Zach hocha la tête, la mine sombre.

— Il n'a pas seulement assisté à la scène… C'est lui qui en était l'instigateur.

Ash étouffa une exclamation horrifiée. Tout s'éclairait, à présent. Il avait humilié son fils illégitime pour lui donner une leçon. Et elle avait joué le rôle clé dans cette farce odieuse !

— Zach, je suis tellement désolée ! Je ne savais pas…

— Comment aurais-tu pu savoir ? Moi-même, je ne l'ai découvert qu'après coup. Si je t'avais crue consciemment mêlée à cette histoire, nous n'aurions pas cette discussion.

Une odeur de brûlé flottait dans l'air. Ash bondit de son tabouret et se précipita pour éteindre la plaque, avant d'agripper à pleine main la poignée de la poêle. Le temps que la douleur arrive à son cerveau, Zach, rapide comme l'éclair, la tirait déjà vers l'évier et passait sa main sous l'eau froide. Elle n'avait même pas eu le temps de crier.

— Je vais bien. Ce n'est rien, assura-t-elle.

Mais Zach maintenait fermement sa main sous l'eau pour anesthésier la brûlure. Une vive émotion enflait dans sa poitrine. Elle songeait à Zach surmontant l'adversité pour réussir. À sa mère qui avait renoncé à ses rêves pour son fils, seulement pour lui transmettre un message toxique de vengeance et de rétribution. Le pire était son propre rôle dans tout cela. Elle l'avait jugé sans savoir, parce que c'était plus facile que de lui accorder le bénéfice du doute. Reconnaître sa complexité, c'était anéantir sa seule raison de ne pas lui tomber dans les bras.

Zach ferma le robinet et enveloppa sa main dans un linge humide. Ash aurait voulu disparaître dans un trou de souris.

— Ce n'est pas nécessaire, je t'assure…

Il lui leva le menton, et elle se perdit dans ses yeux.

— Tu vois ce qui arrive quand on parle ? C'est dangereux, plaisanta-t-il.

Elle lui adressa un pâle sourire, encore bouleversée par ses confidences. Il l'entraîna d'autorité vers la table et l'assit sur une chaise, puis revint vers la cuisinière. Fascinée, elle le regarda enfiler un tablier, jeter le risotto brûlé, et improviser à la place une appétissante omelette au fromage et aux champignons. Elle et Zach avaient beau venir du même monde, il n'avait aucune intention d'y retourner. Sa position était sans équivoque. Difficile de l'en blâmer après ce qu'il lui avait raconté. Malgré cela, lorsqu'il vint les servir et s'asseoir à son tour, le doute n'était plus permis… Elle était en train de tomber amoureuse de lui.

11.

Le lendemain matin, Ash se réveilla à l'appel persistant de son nom. Elle se sentait si détendue qu'un cri strident lui échappa lorsque le drap fut brusquement retiré de sur elle. Elle se retrouva nue sous les yeux de Zach, debout au pied du lit, déjà douché et habillé.

— Debout, paresseuse.

— Il ne fait même pas encore jour, grogna-t-elle.

Une brusque panique l'envahit.

— Nous rentrons déjà à Londres ?

Son cœur sombra dans sa poitrine. Zach devait avoir une tonne de rendez-vous prévus…

— Pas encore, la détrompa-t-il. Il y a quelque chose que j'aimerais que nous fassions avant.

Il désigna le bout du lit.

— Je t'ai préparé des vêtements. Habille-toi et retrouve-moi en bas dans un quart d'heure.

— Où allons-nous ?

— Tu verras bien. Dépêche-toi.

Elle suivit ses instructions et fila sous la douche. De retour dans la chambre, elle considéra les vêtements étalés sur le lit. Un jean et une marinière, ainsi qu'une paire de baskets. Elle s'habilla en quatrième vitesse et dévala l'escalier. Zach l'accueillit avec une tasse de café et un croissant.

— Je t'attends dehors. Rejoins-moi quand tu es prête.

Sa curiosité à son comble, elle avala son café d'une traite, engloutit son croissant et sortit. Son pouls s'accéléra à la vue de Zach en veste en cuir à côté d'une moto. L'aube pointait tout juste à l'horizon. Il lui tendit une autre veste.

— Elle est un peu grande, mais tant pis.

Ash l'enfila. Elle avait souvent imaginé Zach à moto. Mais ses fantasmes n'arrivaient pas à la cheville de la réalité. Zach boucla son casque et enfourcha sa cylindrée. Il lui prêta un casque, puis lui montra où prendre appui pour monter derrière lui. Cramponnée à ses épaules, elle passa une jambe par-dessus la selle pour s'y asseoir. Son corps s'imbriquait à la perfection contre celui de Zach. D'instinct, elle noua les bras autour de sa taille.

— Prête ?

Elle acquiesça, tout excitée. Et ils n'étaient même pas encore partis ! Zach démarra et le moteur vrombit entre ses cuisses, là où elle était encore sensible. Ils quittèrent le domaine et s'élancèrent sur la route principale. Le ciel s'éclaircissait à mesure qu'ils roulaient. À cette heure, il n'y avait pas un chat. Ils étaient seuls au monde.

Bientôt, ils franchirent un portail conduisant à un vaste hangar. Un petit avion attendait dans un champ non loin. Zach coupa le moteur et ils descendirent de moto. Il l'aida à retirer son casque. Elle chancelait après cette folle virée, encore sous le coup de la décharge d'adrénaline. Zach lui prit la main et l'emmena vers l'avion. Ils furent accueillis par un homme qu'il lui présenta comme le pilote de remorquage.

— Le pilote de remorquage ?

Ash avait l'impression de rêver. Zach lui fit contourner l'avion, derrière lequel elle découvrit un planeur qui avait l'air aussi léger qu'un jouet.

— Ne me dis pas que…

— Tu me fais confiance ? demanda-t-il, les yeux plantés dans les siens.

Comme si la question se posait. Elle ne le connaissait que depuis à peine plus d'une semaine. Mais le fait est que sa méfiance initiale s'était complètement évanouie. La réciproque, en revanche, était moins évidente. Il la désirait, oui. De là à lui faire confiance…

Tout à l'heure, ils s'envoleraient pour Londres. Et tout serait fini.

— Oui, bien sûr, répondit-elle. Je te fais confiance.

Pour elle, ces mots revêtaient une signification profonde. Ce n'était pas seulement sa vie qu'elle mettait entre ses mains, mais aussi son cœur.

Il l'aida à monter à bord du planeur. Elle s'installa sur le siège arrière tandis qu'il prenait place à l'avant. Stupéfaite, elle vit le pilote de remorquage monter à bord de l'avion, puis une autre personne s'emparer de la corde attachée au planeur. Quelques minutes plus tard, l'appareil s'élançait à travers le champ en tirant le planeur derrière lui. Soudain, ils furent dans les airs. Puis la corde dut être détachée, car l'avion remorqueur vira sur la gauche alors que le planeur continuait sa progression, s'envolant toujours plus haut.

Le silence enveloppa Ash, seulement troublé par les battements sourds de son cœur. Au début, elle n'osa pas bouger. Puis elle se laissa imprégner par la beauté du paysage nimbé d'or au soleil levant.

— Tout va bien ? lui lança Zach.

Elle hocha la tête, étreinte par l'émotion.

— Oui, c'est fabuleux !

Plus que cela, même. L'expérience transcendait tout ce qu'elle avait vécu jusque-là. Elle ne pouvait pas dire depuis combien de temps ils planaient dans le ciel. Tout ce qu'elle savait était qu'elle aurait voulu que cela ne s'arrête jamais.

De retour au sol, elle eut honte des larmes coulant sur ses joues. Elle les essuya furtivement pendant que Zach débouclait sa ceinture et sautait à terre. Il fronça les sourcils en l'aidant à descendre.

— Hé, tout va bien ?

— Je n'ai jamais rien vécu de pareil, admit-elle, tremblante sur ses jambes. C'était incroyable. Merci.

Spontanément, elle se hissa sur la pointe des pieds et l'embrassa sur la mâchoire. Exactement comme à cette soirée fatidique, quatre ans plus tôt. Un frisson lui remonta l'échine.

Comme si une ombre était descendue sur eux. *Ridicule.* Elle devenait complètement paranoïaque.

Après un bref échange avec les pilotes de la compagnie d'aviation, Zach la ramena à la moto. Quelque chose avait changé entre eux depuis l'atterrissage, sans qu'elle parvienne à mettre le doigt sur quoi. Il évita son regard en l'aidant à enfiler son casque. Ses gestes étaient brusques, impersonnels. De nouveau, elle s'accrocha à lui sur le trajet du retour. Mais elle ne pouvait chasser l'impression que Zach regrettait cette escapade improvisée. C'était un geste tellement romantique… Tout ce que leur relation n'était pas.

Si elle l'avait oublié, Zach se chargea de le lui rappeler, avec une brutalité à laquelle elle n'était pas préparée. Se séparer d'une maîtresse était une formalité pour lui. À l'évidence, le vol en planeur avait été un cadeau d'adieu. Sitôt de retour au manoir, il était devenu froid et distant. Diana, revenue de son week-end, les y attendait. Son regard était passé d'elle à Zach. Était-ce le fruit de son imagination ou la gouvernante avait-elle eu un discret sourire de sympathie à son égard, comme si elle avait deviné ce qui se tramait ?

— Nous partons dans une heure, avait annoncé Zach. Tu devrais monter faire ta valise.

C'était comme si un fossé les séparait dans la voiture qui les ramenait à présent à Londres. Pas d'hélicoptère, cette fois. Ash portait la tenue dans laquelle elle était arrivée, lavée et repassée. Zach avait retrouvé son costume trois pièces. L'entendre discuter en français au téléphone lui rappela le chemin qu'il avait parcouru. Comment il avait réussi en partant de rien. Et à quel point ce devait être important pour lui d'être reconnu par ses pairs. Par le géniteur qui l'avait renié.

Ash sortit son propre téléphone et relut son dernier échange avec Cassie. Son amie demandait de ses nouvelles. Ash s'était contentée de mentionner qu'elle continuait à remplacer Gwen auprès de son patron. Quand elle l'avait questionnée sur son aventure avec Luke Broussard, Cassie était restée étrangement vague. Difficile de le lui reprocher. Elle-même s'était montrée élusive sur ce qui se passait vraiment entre elle et Zach. Ash avait hâte de revoir son amie. Cassie serait bientôt de retour et tout rentrerait dans l'ordre.

Pour Zach, ce serait comme s'il ne s'était rien passé, outre un vieux règlement de comptes.

Pour elle, en revanche… Elle préférait ne pas y penser.

— Je peux prendre le métro…

— Ne dis pas de bêtise. Gerard va te raccompagner.

Le chauffeur croisa son regard dans le rétroviseur.

— Pas de problème, mademoiselle.

Ash s'obligea à sourire.

— Merci, Gerard.

Ils approchaient du quartier de Mayfair où vivait Zach. Londres grouillait d'animation, un peu trop au goût d'Ash après son séjour paisible dans la campagne du Somerset. Zach appuya sur un bouton et une vitre teintée remonta, les isolant du chauffeur. Elle remarqua qu'il s'était rasé depuis leur vol en planeur. Pas étonnant qu'il soit accro à l'adrénaline, songea-t-elle. Toute sa vie était réglée comme du papier à musique. Surtout ne pas faire de vagues. Toujours exceller et réussir. Savoir cela rendait le moment encore plus difficile, aussi prit-elle les devants.

— Merci, j'ai passé un merveilleux week-end, dit-elle.

— Merci d'avoir été là. Je ne sais pas si j'aurais conclu l'accord avec Georgios Stephanides sans toi.

— Je suis sûre que si. Mais c'était le moins que je puisse faire, après les problèmes que je t'ai causés il y a quatre ans.

Zach secoua la tête.

— C'est du passé, tout cela.

La voiture s'arrêta devant sa villa.

— Écoute, Ashling, ce qui est arrivé entre nous…

Elle l'interrompit net. S'il prononçait encore une fois les mots « bref et intense », elle ne répondait plus de rien.

— Inutile, Zach. Nous savions tous les deux à quoi nous en tenir. Tout est très clair.

— Après ce matin, j'avais peur que…

— Non, c'était incroyable, coupa-t-elle court. Encore merci. Je ferais mieux d'y aller, maintenant.

— Bien sûr. Au revoir, Ashling.

— Au revoir, Zach.

Il descendit de voiture, sortit sa valise du coffre et monta le perron. La porte s'ouvrit sur le taciturne Peters. Zach avait eu sa vengeance. Retour à la réalité. Gerard laissa la vitre de séparation remontée. Une chance, car elle pleura durant tout le trajet.

Zach tint bon jusqu'au déjeuner.

Il avait cru faire ce qu'il fallait. Les larmes d'Ashling ce matin avaient été un électrochoc. Elles lui avaient rappelé l'émotion dans ses yeux la veille, quand ils s'étaient confié leurs histoires respectives. L'entendre parler de son père lui avait donné des envies de meurtre. Cela aurait dû l'inciter à la réexpédier chez elle *illico presto.* Au lieu de quoi, ils avaient dîné, bu du vin et fait l'amour. Et ce matin, il l'avait emmenée faire du planeur. Une expérience unique pour lui, qu'il n'avait jamais partagée avec personne…

Qu'est-ce qui lui arrivait ?

Voir Ashling pleurer lui avait fait réaliser à quel point le week-end avait déraillé. À quel moment « bref et intense » était-il devenu « intime et sérieux » ? Une image se forma dans son esprit… Quand il avait surpris Ashling en nymphe sexy flottant sur le lac, voilà à quel moment.

Il la désirait toujours.

Ne pas l'embrasser dans la voiture avait frôlé le supplice. Puis elle avait tourné vers lui ses grands yeux bleus, et l'émotion qu'il y avait décelée l'avait convaincu qu'il prenait la bonne décision. Mais s'il l'avait sous-estimée ? Après tout, elle avait été en couple. Elle savait à quoi s'en tenir. N'était-ce pas une erreur, pour elle comme pour lui, de couper les ponts maintenant ?

Il était prêt à entamer un nouveau chapitre de sa vie. Il savait exactement où il allait, en partie grâce à Ashling elle-même et la précieuse leçon qu'elle lui avait enseignée. Mais qu'est-ce qui l'obligeait à ouvrir ce chapitre aujourd'hui ?

Ash arrachait les mauvaises herbes dans le carré de jardin à l'arrière de l'appartement. Une façon de s'occuper l'esprit. Pour ce qui était de combler le vide dans son cœur, c'était une autre histoire…

La sonnette de l'entrée retentit. S'époussetant les mains, elle rentra pour aller ouvrir. Quand elle découvrit qui était son visiteur, l'air lui manqua.

Zachary Temple.

Il ouvrit la bouche pour parler. Il n'en eut pas le temps. Elle était déjà pendue à son cou, jambes autour de sa taille et lèvres collées aux siennes. Il l'enlaça et avança dans l'appartement, en claquant la porte d'un coup de pied derrière lui.

Plus tard, dans son lit, Zach se redressa sur un coude.

— Tu sais, cela ne veut pas dire…

— Je sais.

— Ce que nous avons décidé au début…

— Ce que *tu* as décidé, corrigea Ash.

— Qu'entre nous ce serait…

— Inutile de le répéter, le coupa-t-elle. Rien n'a changé. Cela me va très bien.

Menteuse.

— Tu en es sûre ?

Elle captura ses jambes entre les siennes, excitée par la réaction du corps de Zach.

— Sûre et certaine.

Elle l'embrassa pour le faire taire. Elle n'avait pas besoin qu'on lui rappelle combien elle était faible. Ni que ce moment n'était qu'un sursis.

Trente-six heures plus tard, dans la villa de Zach, Ash agrafait sur sa nuque le col incrusté de perles de sa robe. Les perles se prolongeaient de chaque côté du bustier pour disparaître sous ses bras et se rejoindre dans le creux de son dos. La robe était noire, froncée à la taille avant de tomber élégamment sur ses chevilles. Une tenue très… conventionnelle. Elle résista à la tentation d'ajouter une note de couleur. Ce serait inapproprié.

Elle était arrivée la veille, après une journée et une nuit entières passées avec Zach chez elle. Son invitation à un gala de charité l'avait surprise.

— Tu es sûr ? avait-elle demandé. Les gens risquent de se poser des questions…

À commencer par Cassie. Son amie rentrait bientôt. Comment allait-elle lui expliquer ce qui se passait entre elle et son patron ? Mais Zach avait balayé ses réticences.

— C'est une soirée privée. La sécurité sera renforcée.

— Je n'ai rien à me mettre, avait-elle protesté.

— Je m'en charge.

La robe livrée correspondait certainement aux instructions de Zach. En parlant du loup… Il apparut dans l'embrasure, à tomber en smoking noir, un écrin à la main.

— Tu es magnifique, susurra-t-il.

Le compliment la déçut plus qu'il ne la flatta. Zach savait qu'elle avait commencé à porter des couleurs vives par rébellion contre l'indifférence de son père. Aujourd'hui, c'était un choix personnel. Elle le faisait pour elle-même, parce que c'était qui elle était. Dans cette robe, elle se faisait l'effet d'être une autre. Pas comme dans la robe de princesse le week-end précédent, non… Plutôt comme si elle reniait son identité.

Peut-être réfléchissait-elle trop ? Ce n'était qu'une robe, après tout. Cette soirée était une chance de passer du temps avec Zach. Autant en profiter.

— Merci, répondit-elle en esquissant une révérence.

— J'ai pensé que tu aurais besoin de quelque chose pour aller avec la robe…

Il ouvrit l'écrin. Ash resta bouche bée devant le bracelet de perles et ses boucles d'oreilles assorties.

— Ce sont des vraies ? s'exclama-t-elle.

— Bien sûr.

Elle secoua la tête.

— C'est trop, Zach. Je ne peux pas. Et si je perds une boucle ou que le bracelet se décroche ?

— C'est un cadeau. Pour toi.

Ash cilla, assaillie par un flot d'émotions contradictoires.

— Je… je ne peux pas, bredouilla-t-elle.

Mais Zach passait déjà le bracelet autour de son poignet.

— Essaie-les, d'accord ?

Il lui tendit les boucles d'oreilles. Pourquoi éprouvait-elle soudain le besoin de se rebeller ? Elle prit les boucles et les fixa à ses lobes. Les perles iridescentes chatoyaient à la lumière.

Zach posa les mains sur ses épaules. Ils étaient assortis : elle dans sa robe noire brodée de perles, lui en smoking classique noir et blanc. Un malaise s'insinua en elle. Mais déjà, il l'entraînait hors de la pièce. Dans le vestibule, ils passèrent devant Peters, qui la gratifia d'une ébauche de sourire. C'était officiel, quelque chose ne tournait pas rond.

Zach mit du temps à repérer Ashling dans la foule. Et pour cause : elle passait inaperçue dans cette mer de gris, noirs et blancs, sans la moindre fantaisie. Sa conscience le travailla. Il avait volontairement sélectionné une robe que la jeune femme n'aurait jamais choisie elle-même, mû par un désir nébuleux de la voir dans un style différent, plus conforme à son milieu. Il avait besoin de savoir si…

— Désolée. Je me suis perdue en revenant des toilettes.

Il repéra tout de suite la touche de couleur au-dessus de son oreille. Une fleur rose glissée dans ses cheveux. Ashling se mordit la lèvre.

— Est-ce trop ? Je suis tombée sur le fleuriste de l'hôtel qui remplaçait les bouquets, alors…

Zach réprima un sourire.

— Non, c'est ravissant.

Il lui prit la main, soudain plus serein sans vraiment s'expliquer pourquoi. Puis son regard accrocha quelque chose dans la foule. Quelqu'un. Sa belle humeur s'envola, chassée par une violente émotion. Ashling dut le percevoir car elle se pencha vers lui.

— Que se passe-t-il ? souffla-t-elle.

— Mon père est là.

Les doigts de la jeune femme serrèrent les siens.

— Où cela ?

— En train de parler à sa femme. La mère de mes demi-frères et sœurs.

Ash suivit le regard de Zach. L'homme se distinguait par sa haute taille et son allure policée. Son épouse était grande, elle aussi, et très élégante. Le couple parfait. Elle comprenait mieux que personne ce que Zach ressentait en cet instant, trahi et rejeté une nouvelle fois. Un brusque instinct protecteur l'envahit. Un besoin de réparer sa faute d'il y a quatre ans. Cet homme l'avait manipulée tel un vulgaire pion, dans le seul but de faire du mal à son propre fils !

Aveuglée par l'indignation, elle lâcha la main de Zach et marcha droit sur lui. Une vague sensation de déjà-vu l'accompagnait. Fendre la foule, s'approcher d'un grand homme de dos, le contourner pour lui faire face… Sauf qu'elle n'était pas nerveuse cette fois, mais furieuse.

Le père de Zach la toisa de ses yeux bleus et froids, très différents de ceux de son fils.

— Oui ? Je peux vous aider ?

— Vous ne me reconnaissez pas ?

L'homme se décomposa. La culpabilité sur son visage en disait long sur le nombre de femmes qui avaient dû subir le même traitement de sa part que la mère de Zach. Ash était écœurée.

— Je parle de cette soirée, il y a quatre ans, où vous avez engagé une actrice pour humilier votre fils en public.

Le jour se fit dans son regard.

— Vous aviez les cheveux roux. Une robe courte…

— Oh ! Alors vous vous rappelez ?

— Fichez le camp ou j'appelle la police, siffla-t-il entre ses dents.

La femme à ses côtés avait pâli.

— Henry, que se passe-t-il ? demanda-t-elle avec raideur.

Ce dernier regarda Ash de haut en bas comme si elle n'était qu'un insecte insignifiant.

— Ce n'est rien, ma chérie. Une pauvre opportuniste qui n'a rien à faire ici.

Ces mots firent voir rouge à Ash.

— Vous ne méritez pas d'avoir Zachary Temple pour fils, cracha-t-elle haut et fort. Vous n'êtes même pas digne de cirer ses chaussures. Vous devriez avoir honte !

La colère tordait les traits du père de Zach. Il leva la main comme pour la frapper. Mais quelqu'un surgi de nulle part s'interposa entre eux.

— N'y songe même pas, tonna Zach, menaçant. Sauf si tu tiens à finir par terre avec le nez en sang.

Ash fit un pas de côté pour voir la scène. Henry avait toujours la main levée, le visage congestionné par la rage. Un silence de plomb s'était abattu sur la salle.

Soudain, une main ferme agrippa la sienne et la tira d'autorité vers la sortie. Tout alla si vite qu'elle ne reprit ses esprits qu'au moment où Zach la poussait à l'arrière de la voiture. Elle tremblait encore après son altercation avec son père. Quelle peur elle avait eue quand il avait fait mine de la frapper ! À ses côtés, Zach était rigide. Plus ils approchaient de Mayfair, plus la panique lui tordait le ventre. Elle avait vraiment dépassé les bornes, cette fois. Jamais il ne le lui pardonnerait.

De retour à la villa, elle le suivit à la salle à manger, où il se servit un verre de whisky qu'il vida d'un trait.

— Bon sang, Ashling, qu'est-ce qui t'est passé par la tête ?

— Je… je suis désolée. Je l'ai vu et cela m'a mise tellement en colère…

— Il a failli te frapper ! Il aurait pu te blesser !

— Mais tu l'as arrêté.

Il se mit à faire les cent pas dans la pièce.

— Il y a quatre ans, le scandale a failli me détruire. Mais à force de travail et de patience, j'ai su laver ma réputation et regagner la confiance de mes clients. Aujourd'hui, j'ai tellement plus à perdre…

Il se planta devant elle.

— Personne ne savait qui était mon père. Il y avait bien quelques rumeurs, mais rien de sérieux. Au début, je le haïssais de m'ignorer. Finalement, j'ai compris que c'était mon meilleur atout. Et tu viens de tout gâcher ! Demain, ce sera dans tous les journaux que je suis le fils de Henry Field. Tout le monde se demandera quel rôle il a joué dans ma réussite. Ma réputation va de nouveau être mise en doute.

Il la regarda avec hauteur.

— Tu faisais peut-être illusion, ce soir. Mais tu viens de prouver que tu n'avais pas ta place dans ce monde.

Pour Ash, ce fut un véritable coup de poignard dans le dos.

— Je le savais ! Tu as choisi cette robe exprès, n'est-ce pas ? Était-ce un test pour voir si je rentrais dans le moule ?

— Test auquel tu as lamentablement échoué.

Elle secoua la tête, blessée au-delà des mots.

— Je n'ai rien demandé, Zach. Je croyais que c'était fini, tout cela.

Il fondit sur elle, si vite qu'elle recula d'un pas.

— À d'autres, Ashling. Tu m'as littéralement sauté dessus quand je me suis présenté à ta porte.

Comme si elle avait besoin qu'il le lui rappelle…

— Je ne parlais pas de cela. Je n'ai pas demandé à faire partie de ton monde. Je sais bien que cela ne marcherait jamais.

— Ah, l'ingénue est de retour ? railla Zach.

— Qu'est-ce que tu insinues ?

— Elena Stephanides m'a contacté. Elle voulait tes coordonnées. Apparemment, vous auriez discuté d'un futur investissement ? La création d'un studio de yoga ?

Ash mit plusieurs secondes à comprendre de quoi il parlait. Elle avait complètement oublié cette conversation.

— Ce n'était rien de sérieux, objecta-t-elle. C'est vrai, j'ai mentionné en passant mon rêve d'ouvrir un jour mon propre studio. Je ne pensais pas qu'elle me prendrait au mot.

— Comme c'est pratique, de mentionner « en passant » ce genre de rêve à l'une des femmes les plus riches d'Europe, rétorqua Zach, sarcastique.

Un froid glacial envahit Ash.

— Je te savais cynique, Zach, mais pas à ce point.

Il défit le bouton de son col et ce simple geste réveilla les papillons dans son ventre. Même en pleine dispute, son sex-appeal opérait sa magie.

— Je ne suis pas cynique. C'est le monde qui tourne ainsi.

— Le tien, peut-être. Pas le mien.

— Oh ! Parce que ton monde vaut tellement mieux ? répliqua-t-il. Tu savoures les plaisirs simples du quotidien, sans être corrompue par l'argent et l'ambition, c'est cela ? Le train de vie de milliardaire n'a pourtant pas eu l'air de te déplaire. Toutes les maîtresses aiment se faire entretenir. C'est pour cela que tu es là, non ?

Ash était si furieuse et blessée que la tête lui tournait.

— Ce que j'éprouvais pour toi est mort, Zach. Jamais je ne t'aurais cru si cruel…

Elle n'avait pas fini que la bouche de Zach s'écrasait sur la sienne. Elle tenta de résister quand ses bras se refermèrent autour d'elle. Mais ses lèvres s'adoucirent, son étreinte se relâcha, et la passion l'emporta sur la colère. Entre les deux, il n'y avait qu'un pas, facile à franchir. Ce désir explosif était quelque chose de familier et réconfortant. Quelque chose qu'elle comprenait au milieu du chaos qui s'était abattu sur eux. Ses bras se nouèrent autour de son cou. Son corps enfiévré chercha le sien…

Puis Zach rompit leur baiser. Des mèches folles dansaient autour de son visage, échappées de son chignon. La fleur qu'elle y avait piquée gisait à ses pieds avec l'air de la narguer. Elle recula vivement, honteuse de sa faiblesse.

— Tu te trompes, Zach. Tout est fini entre nous.

Elle tourna les talons et quitta la pièce. Elle ne savait par quel miracle ses jambes continuaient à la porter. Dans la chambre d'amis, elle remit ses vêtements, laissant sur place la robe et les bijoux. Lorsqu'elle redescendit, Zach avait disparu. Pas de Peters non plus avec sa mine réprobatrice. Ni de voiture avec chauffeur à l'extérieur. Elle marcha jusqu'à la station la plus proche et sauta dans le premier métro pour chez elle.

Zach entendit la porte d'entrée se refermer. Peu à peu, le brouillard de rage et de désir qui l'enveloppait se leva. Des images se bousculaient dans sa tête. Ashling devant son père prêt à la frapper. Ashling très pâle, profondément affectée. Ashling, les lèvres enflées après leur baiser… Il avait bien cru ne jamais réussir à se détacher d'elle. Mais il avait fait ce qu'il fallait. Il avait eu le dernier mot.

Un goût amer lui restait dans la bouche. Quatre ans plus tôt, il avait essuyé le jugement de ses pairs, certain de ne jamais s'en relever. L'histoire se répétait, avec Dieu seul savait quelles répercussions. Il avait tellement plus à perdre aujourd'hui ! Alors d'où lui venait le sentiment que c'était ici, dans cette pièce, que l'irréparable avait eu lieu, et non au gala sous les yeux d'innombrables témoins ? C'était absurde ! Couper les ponts avec Ashling était la bonne décision. Elle avait raison, tout était fini entre eux. La dernière chose dont il avait besoin était d'une maîtresse qui mette sa vie sens dessus dessous. Ou parte en croisade pour lui contre ses démons. Il n'avait besoin de personne.

Pour se le prouver, il quitta la salle à manger et monta à l'étage. Dans la chambre occupée par Ashling, il trouva la robe noire pendue sur un cintre dans le dressing. Ce détail l'irrita au plus haut point. Puis il aperçut le bracelet et les boucles d'oreilles, soigneusement alignés sur la table de nuit.

Elle ne les avait pas pris.

12.

Trois jours plus tard, Zach ruminait dans son bureau, d'humeur massacrante. Une vive discussion de l'autre côté de la porte lui fit lever la tête. La voix de Gwen lui parvint, inhabituellement stridente. *Et si c'était… ?*

Le battant s'ouvrit en grand et un homme déboula telle une tornade. Son visage lui disait vaguement quelque chose.

— Je veux voir Cassandra James, assena-t-il sans préambule.

— Qui êtes-vous ? Et comment diable êtes-vous entré ? Gwen, dans mon bureau ! aboya-t-il à sa secrétaire.

Cette dernière apparut sur le seuil, l'air contrit.

— Je suis désolée, monsieur Temple. Il a dit qu'il avait rendez-vous…

— Depuis quand est-ce que j'accorde des rendez-vous à des inconnus ?

— Je suis Luke Broussard, de Broussard Tech, intervint l'homme.

Ça y est, Zach le remettait. Le milliardaire auprès de qui il avait envoyé Cassie en mission de reconnaissance aux États-Unis. *Pas Ashling.* Et pourquoi voudrait-il qu'elle revienne dans sa vie ? Irrité contre lui-même, il toisa son visiteur, presque aussi grand que lui. S'il avait des raisons d'être en colère, c'était bien contre ce type.

— Quel honneur ! siffla-t-il. L'homme qui m'a fait perdre ma meilleure assistante, en personne !

— Que voulez-vous dire ? Où est Cassandra ?

— Chez elle, je suppose, courtisée par tous mes concurrents. Je ne vous en remercie pas.

— Vous sous-entendez qu'elle a démissionné ?

Broussard paraissait sincèrement sous le choc.

— Il faut absolument que je lui parle. Donnez-moi son adresse, s'il vous plaît, implora-t-il.

Zach balaya la requête d'un geste agacé.

— Pourquoi le ferais-je ? C'est non seulement contraire à l'éthique, mais aussi illégal. Qu'est-ce que cela peut me faire que…

— S'il vous plaît. Je dois lui dire…

Broussard s'interrompit. Zach commençait à en avoir sérieusement par-dessus la tête.

— Lui dire *quoi* ? s'impatienta-t-il.

L'homme passa vivement la main dans ses cheveux.

— Je sais pourquoi elle a démissionné, répondit-il. Vous voulez qu'elle revienne ? Laissez-moi lui parler.

Quelque chose dans l'attitude de Broussard l'interpella… Il était aussi à cran que lui. Zach aurait pu se tenir devant un miroir ! Il le dévisagea un moment, avant de grommeler une vague menace en défense de Cassandra, puis de griffonner son adresse sur un bloc-notes et de la lui tendre. Adresse qui était aussi celle d'Ashling. Elle avait dû y reprendre sa vie comme si de rien n'était…

Broussard s'en alla.

Bon sang, Ashling arrivait même à éclipser la soudaine démission de sa meilleure assistante, sans raison apparente. C'était comme si son existence parfaitement millimétrée avait commencé à s'effilocher… Zach serra les dents. Il était grand temps de se reprendre en main.

Plus facile à dire qu'à faire.

Une semaine plus tard, Zach faisait son entrée à un gala très en vue, une femme sublime à son bras. Une proche de la famille royale. Le fait qu'elle ait accepté de l'accompagner était la preuve qu'il était sorti indemne de la tempête médiatique autour de son père. Mais ce qui aurait dû être une victoire éclatante sonnait creux ce soir. Comme tous ses autres récents succès. Ses yeux cherchaient malgré lui une touche de couleur. Une fleur dans des cheveux blonds. Un sourire rayonnant.

Un visage pâle, décomposé.

Sa compagne glissa un bras sous le sien. Il résista au réflexe de se dégager et sourit. Elle l'avait agacé plus tôt en l'interrogeant sur la mystérieuse inconnue qui avait affronté Henry Field. Par chance, le photographe de la soirée n'avait pas réussi à capturer son visage car Zach se tenait devant elle. Le sujet restait cependant sur toutes les lèvres, et sa cavalière ne semblait pas décidée à lâcher l'affaire.

— Allons, qui était-ce ? Vous pouvez bien me le dire. Je ne le répéterai pas, promis, insista-t-elle avec une moue qui ne lui seyait pas.

— Ce n'est…

Personne ? Le mot refusait de franchir ses lèvres. Ce serait un mensonge. Il contempla la femme à ses côtés. Sublime. Parfaite. Devant lui s'ouvraient les portes de tout ce dont sa mère avait rêvé pour lui. Ce soir récompensait les années d'efforts auxquels il avait sacrifié le droit de vivre et de s'amuser. Son but ultime était enfin à portée de main : être accepté par ces gens qui l'auraient piétiné autrefois, lui, le fils illégitime d'une femme de ménage. Se présenter devant eux avec la femme idéale à son bras. Il la tenait enfin, sa victoire !

Mais était-ce vraiment la sienne ? Sa mère n'avait pas été assez bien pour Henry Field. Elle avait vécu sa vie à travers Zach, rongée par l'amertume et la soif de revanche. Aucun homme ne voudrait élever l'enfant d'un autre, lui reprochait-elle. Mais avait-elle seulement cherché ? Ce soir, c'était le vœu de sa mère qui se réalisait. Pas le sien.

— Zach ?

Sa cavalière le fixait avec curiosité. La femme idéale… mais pas pour lui.

— Désolé, murmura-t-il.

Il dégagea son bras, tourna les talons et s'en alla.

— Tout va bien, ma chérie ? Des larmes de joie, dis-tu… On ne me la fait pas.

Ash s'obligea à sourire. Évidemment, sa mère n'était pas dupe. Mais elle ne voulait pas l'ennuyer avec ses histoires un jour comme celui-ci.

— Ce n'est rien, je t'assure.

Juste un cœur brisé.

— Tous mes vœux de bonheur, à toi et Eamon, déclara-t-elle en serrant sa mère dans ses bras. Vous méritez d'être heureux. Cela saute aux yeux qu'Eamon est fou de toi.

Les larmes jaillirent de plus belle. Eamon l'avait appelée dans la semaine, pour organiser l'anniversaire de sa mère, mais surtout lui demander la main d'Angela. Ce soir, alors que celle-ci croyait simplement fêter ses cinquante ans, Eamon lui avait fait la surprise de poser un genou à terre et la demander en mariage. Elle avait dit oui avant même qu'il ait fini de parler.

Le cadre n'aurait pu être plus romantique : un jardin au crépuscule, éclairé de lanternes et de guirlandes, à deux pas de la plage, au bord de l'océan Atlantique. Les gens bavardaient et riaient, les enfants couraient partout librement. Un groupe sur une scène de fortune assurait l'ambiance en jouant de la musique traditionnelle irlandaise.

— Tu es sûre que tu vas bien ?

Ash hocha la tête et s'essuya les joues. Elle lui raconterait tout une autre fois.

— Oui, ne t'inquiète pas. Va vite rejoindre ton fiancé. Il a l'air de se morfondre sans toi.

Angela éclata de rire et partit retrouver Eamon. Tous deux auraient suffi à éclairer le village entier tant ils rayonnaient de bonheur. Ash poussa un soupir. Elle était heureuse pour sa mère, sincèrement. C'était juste que…

— Tiens, on a un visiteur surprise. Si c'est un touriste perdu, je me dévoue pour lui indiquer le chemin… de ma chambre.

Dervla, une amie d'école, l'avait rejointe. Elle fixait l'entrée de l'éco-village. Ash se retourna et suivit son regard. Un homme descendait de moto, en jean élimé et veste en cuir. Avant même qu'il n'ôte son casque, son corps l'avait reconnu. Son cœur aussi. Zach regarda autour de lui, l'air perdu. Puis il la vit. Le temps parut ralentir comme dans un film. Sans hésiter, il traversa le village et s'immobilisa devant elle.

— Te voilà, dit-il simplement.

Comme si un milliardaire débarquant dans leur communauté au fin fond de l'Irlande était la chose la plus naturelle au monde. Dervla s'était volatilisée. La musique de la fête lui parvenait de loin, assourdie par le sang bourdonnant à ses tempes. De colère, pas de désir.

— Zach.

Son nom sonnait bizarrement dans sa bouche. Elle avait perdu l'habitude de le prononcer. Cela ne faisait pourtant qu'une semaine. La plus interminable de sa vie.

— Qu'est-ce que tu fais ici ? Ne me dis pas que tu es venu à moto depuis Dublin ?

— Si.

Là encore, il avait rétorqué cela comme si c'était normal. Il avait littéralement traversé le pays, soit un trajet de plus de trois heures et demie ! Ses yeux errèrent sur sa robe aux motifs rose, rouge et violet, qu'elle portait sous un cardigan jaune assorti à ses sandales compensées.

— Tu es… haute en couleur.

Ash se braqua.

— Si tu es venu en rajouter…

Il jura et prit ses mains dans les siennes. Jamais elle ne lui avait vu une telle expression.

— Je suis désolé.

Elle dégagea ses mains. Elle était encore trop vulnérable. S'il la touchait, Dieu sait quelle sottise elle risquait de faire.

— Comment m'as-tu trouvée ?

Son téléphone était éteint depuis des jours.

— Je suis allé chez toi, admit-il. J'ai supplié Cassie et elle a fini par me dire où tu étais.

— Toi, supplier ?

— J'étais prêt à tout.

— Comment va Cassie ? demanda-t-elle, honteuse d'avoir délaissé son amie. Je lui ai laissé un mot, mais je suis partie avant son retour. Je ne savais pas comment…

Comment la regarder en face et lui expliquer tout ce qui s'était passé avec Zach. Alors elle avait pris la fuite.

— Elle est plutôt occupée, répondit Zach, énigmatique.

— Occupée ?

— Cet Américain, Luke Broussard, l'a suivie à Londres. Elle a aussi démissionné.

— *Quoi ?*

Zach semblait étonnamment calme à ce propos. Enchanté, même.

— Elle m'a dit de te dire qu'elle était désolée d'avoir manqué la fête et qu'elle se rattraperait. Ne t'inquiète pas, elle va bien. Elle est même très heureuse. En fait, elle envisage d'aller s'installer aux États-Unis. Elle t'expliquera tout quand tu l'appelleras.

Cela faisait beaucoup à intégrer. Mais si Zach disait vrai, Ash se réjouissait pour son amie.

— Pouvons-nous parler quelque part en privé ?

Elle regarda autour d'eux. Dervla et les autres les observaient avec curiosité. Ash craignait que sa mère ne vienne s'en mêler. Si elle découvrait que Zach était la cause de ses larmes, sauve qui peut ! Elle l'entraîna vers un coin reculé du jardin, à l'écart de la fête.

— De quoi voulais-tu parler ? attaqua-t-elle bille en tête. Pourquoi es-tu là, Zach ?

— Je suis venu te chercher.

Le cœur d'Ash fit un triple salto. L'espoir jaillit dans sa poitrine, qu'elle s'empressa de tuer dans l'œuf. Pour quoi ? Un autre week-end « bref et intense » ? Peut-être la désirait-il toujours. Mais pour elle, ce n'était pas assez.

— Écoute, Zach, tu me plais aussi. Tu m'as plu à la seconde où je t'ai vu, il y a quatre ans. Quand tu m'as repoussée ce soir-là, je l'ai pris si personnellement que j'ai changé le script. Ma dernière interaction avec mon père y était sans doute pour quelque chose. Mais je n'aurais pas réagi de cette façon si je n'avais pas senti quelque chose entre nous. Une connexion immédiate. Je n'avais jamais rien ressenti de tel avant, avec personne. Et je doute que cela m'arrive de nouveau un jour.

Elle prit une grande inspiration.

— Il faut que tu saches, Zach… Pour moi, ce n'est pas que du sexe. C'est…

— Je t'aime.

Ash cilla, coupée dans son élan. *Quoi ?*

— Je… Qu'est-ce que tu viens de dire ?

— Je t'aime, répéta-t-il. Je suis tombé amoureux de toi au premier regard, ce fameux soir. En moins de deux minutes, tu as complètement chamboulé ma vie. J'aurais pu t'ignorer, mais je sentais que tu étais plus que ce que tu prétendais être. C'est pour cela que j'ai réagi si violemment. Par la suite, ton visage est resté gravé dans ma mémoire. Je t'ai cherchée partout. Alors quand tu as sonné à ma porte avec mon smoking…

Il secoua la tête.

— Te rencontrer il y a quatre ans a été un électrochoc. Tu m'as fait remettre en question tout ce à quoi j'aspirais, même si je ne l'aurais jamais admis à l'époque. C'est te revoir qui m'a obligé à ouvrir les yeux.

Ash peinait à croire ce qu'elle entendait.

— Ouvrir les yeux sur quoi ? demanda-t-elle.

— Sur le fait que toute mon existence n'était planifiée que pour accomplir la vengeance de ma mère. Elle a sacrifié ses rêves pour moi et faisait en sorte que je ne l'oublie jamais. Elle m'aimait, mais m'en voulait aussi. Je lui avais volé son avenir. Regarde ta mère, tout juste fiancée… Elle n'a pas laissé la rancœur gâcher sa vie. Ni la tienne. Quand tu as affronté mon père…

Son visage devint livide.

— J'en fais encore des cauchemars, Ash. S'il t'avait frappée… Il aurait pu…

Ash prit sa main et la serra fort dans la sienne.

— Ce n'est pas arrivé car tu l'en as empêché. Je suis désolée, Zach. C'était stupide de ma part…

— Non, tu as été incroyable.

— Est-ce que les journaux en ont parlé ?

Zach fit signe que oui. *Seigneur.* Qu'avait-elle encore fait ?

— Mais ne t'excuse pas, se hâta-t-il d'ajouter. C'est la meilleure chose qui aurait pu arriver. Enfin, pas pour lui. Sa femme l'a accusé de violences conjugales. Une ribambelle d'autres femmes se sont manifestées pour raconter comment il les avait mises enceintes et payées pour se taire. Sa réputation est ruinée. À vrai dire, je n'en retire aucune satisfaction. J'ai seulement honte qu'il soit mon père. Mais j'ai le sentiment qu'une page s'est tournée et que je peux enfin vivre ma vie comme je l'entends. Pour *moi*, plus pour venger ma mère ou faire payer mon père.

L'émotion étreignait la poitrine d'Ash.

— Je suis contente pour toi, Zach. Tu le mérites.

— Et toi, tu mérites des excuses, continua-t-il, l'air contrit. Je suis désolé pour ce que je t'ai dit, le dernier soir. Et pour t'avoir fait porter cette robe.

— C'était une très belle robe, répliqua-t-elle, conciliante. Juste un peu trop… conventionnelle.

— Non, ce n'était pas toi. Tu es tout sauf conventionnelle. Tu sais, je suis allé à une réception hier soir. Avec une femme…

Ash se raidit. Ce fut au tour de Zach d'envelopper ses mains dans les siennes.

— Elle m'a fait comprendre que tu es la seule personne que je veux à mes côtés, poursuivit-il. Mon réflexe en arrivant a été de te chercher, *toi*. De chercher de la couleur, n'importe où… Il n'y en avait pas. Alors j'ai fait demi-tour, et me voilà, ici. C'est toi que je veux, Ash. Je veux de la couleur dans ma vie. Je veux vivre dans un monde où le cynisme n'est pas la règle.

— Au sujet du studio de yoga avec Elena…

Il pressa un index sur ses lèvres.

— C'est *ton* projet, pas le mien. Si cela se fait un jour, je te soutiendrai à cent pour cent.

Le pouls d'Ash s'accéléra.

— Un jour ? Tu veux dire… dans le futur ?

Un sourire incurva les lèvres de Zach.

— Un futur avec moi, si tu le veux bien ?

— Avec toi ? Comme…

— Amant, ami, partenaire. Comme ton mari. Et qui sait, un jour peut-être, comme le père de tes enfants ?

Ash avait le vertige. Ce n'était pas possible. Elle devait être en train de rêver.

— Zachary Temple, es-tu en train de dire que tu m'aimes et que tu veux m'épouser et fonder une famille ?

— Je t'ai déjà dit « je t'aime » il y a quelques minutes. Mais si tu es un peu dure d'oreille…

Elle lui donna une bourrade dans le bras.

— J'ai entendu, murmura-t-elle, soudain émue. C'est juste que je n'osais pas y croire.

— C'est la vérité, énonça Zach avec douceur. Et toi, Ash, est-ce que tu m'aimes ?

Elle ouvrit des yeux ronds. Si elle était sourde, lui devait être aveugle !

— Évidemment ! s'exclama-t-elle. Je ne t'ai rien avoué car je pensais que tu voulais juste une aventure. Je n'aurais pas supporté que tu me jettes comme une vieille chaussette pour épouser Mademoiselle Parfaite, tu comprends ? C'est exactement ce que mon père a fait et…

L'expression amusée de Zach la coupa dans sa tirade. *Tais-toi, ma vieille !* Elle sourit et noua les bras autour de son cou.

— Oui, je t'aime, Zach. Oui à tout, pour toujours. Oui, oui et mille fois oui !

Zach savait s'y prendre pour la faire taire. Lorsqu'il couvrit sa bouche de la sienne, elle lui rendit son baiser, et ils continuèrent à s'embrasser pendant encore très longtemps.

Épilogue

Cinq ans plus tard, Somerset

— Cet endroit est un paradis, Ash. Comment peux-tu encore rentrer à Londres ?

Ash sourit à son amie Cassie. Elles profitaient du soleil sur la terrasse après un déjeuner convivial.

— Tu peux parler. Tu possèdes une île privée !

Cassie affecta un air modeste.

— Oui, c'est vrai.

Cassie et son mari Luke Broussard, magnat de la high-tech, vivaient la plupart du temps aux États-Unis, sur une île au large de l'Oregon. Là où ils étaient tombés amoureux. Ils possédaient également une villa à San Francisco d'où ils conduisaient leurs affaires florissantes, ainsi qu'un certain nombre de propriétés à travers le monde, pratiques quand ils voyageaient en famille.

En parlant de famille…

Une protestation s'éleva de la poitrine d'Ash. Elle baissa les yeux sur sa fille, Georgie, lui caressa la joue et l'aida à reprendre le sein. En face d'elle, Cassie aussi faisait téter sa fille, Celestine, âgée d'un mois de plus. Ash les voyait déjà inséparables, toujours fourrées dans de nouvelles aventures.

— Zach nous soupçonne d'avoir comploté pour tomber enceintes en même temps, confia Ash dans un sourire.

Cassie s'esclaffa.

— Luke pense la même chose.

— Ce n'est plus bizarre pour toi, n'est-ce pas ? Zach et moi ?

Cassie avait mis du temps à s'habituer à voir son amie avec son ancien patron. Elle roula des yeux.

— Les opposés s'attirent, pas vrai ? Vous êtes faits l'un pour l'autre. Le plus bizarre, c'était de le voir montrer des émotions ! Et t'entendre l'appeler par son prénom…

Ash éclata de rire. Sa vie avec sa meilleure amie lui manquait parfois, d'autant qu'elles vivaient à des milliers de kilomètres l'une de l'autre. Mais elles s'arrangeaient pour se voir le plus souvent possible, notamment chaque été dans le Somerset pour la réception annuelle de Zach.

— Comment se porte ton dernier studio ? demanda Cassie.

La poitrine d'Ash se gonfla de fierté. Elle venait tout juste d'ouvrir un nouveau studio de yoga au sein de l'éco-village. Elena Stephanides avait soutenu son rêve de s'établir à son compte et investi dans son projet. C'est ainsi que s'était ouvert son premier studio au rez-de-chaussée du siège de Temple Corp, accompagné d'une crèche pour les employés. Depuis, elle en avait inauguré d'autres. Les Stephanides étaient devenus des amis proches, et les meilleurs parrain et marraine pour la petite Georgie.

— Tout se passe à merveille, répondit-elle avec animation. Les habitants ont accueilli l'initiative à bras ouverts…

Des cris s'élevèrent de l'autre bout du jardin.

— Adieu, tranquillité, plaisanta Cassie.

Ash contempla Zach et Luke revenant du lac, chacun avec un garçonnet sur les épaules. Devin et Louis, leurs fils respectifs. Les deux hommes étaient torse nu, seulement vêtus d'un short de bain mouillé. Ash et Cassie soupirèrent à l'unisson. Orla, la sœur jumelle de Devin, devançait le groupe, une boule de fourrure dégoulinant d'eau entre les bras.

— Maman ! Ziggy s'est baigné pour la première fois !

Ash sourit. Adieu tranquillité, en effet. Mais le joyeux chaos qui approchait valait tellement plus ! Elle et Cassie échangèrent un regard complice. Si elles appréciaient leurs moments de calme, ce n'était rien à côté du bonheur qu'elles vivaient au quotidien, entourées de leurs familles. Une vie remplie de rires et d'amour… Que demander de plus ?

Vous avez aimé *La brûlure d'une vengeance* ?
Retrouvez en numérique l'intégrale de votre série
« Nuits d'été » :

1. *Conquise par l'ennemi*, Heidi Rice
2. *La brûlure d'une vengeance*, Abby Green

Retrouvez prochainement, dans votre collection

AZUR

Leur royal secret, de Lynne Graham - N°4499
Fière et indépendante, Gaby a toujours su combien Angel Diamandis pouvait être dangereux pour son cœur. Toutefois, rien ne l'a préparée à la passion qui s'empare d'elle quand elle se retrouve dans le lit du prince. Entre eux le désir est vif et ses conséquences, irrémédiables. En effet, un an plus tard, Gaby doit présenter à Angel le secret de leur folle aventure – un fils !

L'amant d'une innocente, d'Annie West - N°4500
Victime de menaces, Lola ne voit qu'une personne vers laquelle se tourner : Niall Pedersen, un magnat de la sécurité qui est aussi le meilleur ami de son frère. Si elle nourrissait autrefois pour Niall un béguin d'adolescente, c'est une passion dévorante qu'il éveille en elle à l'occasion de leurs retrouvailles. Tandis qu'elle séjourne chez lui, dans sa luxueuse demeure australienne, Lola perd vite la raison en devenant la maîtresse de son protecteur…

Tête-à-tête avec un Grec, de Michelle Smart - N°4501
Keren a fui l'île d'Agon le cœur brisé, convaincue que son mariage était terminé. C'est donc avec émotion qu'elle y retrouve Yannis, dix-huit mois plus tard. Si elle sait qu'il est temps pour eux d'officialiser leur séparation, son époux grec lui propose un marché. Il signera les papiers du divorce à la condition qu'elle reste trois jours avec lui. Un tête-à-tête qui ravive aussitôt le souvenir de la tragédie qui les a séparés mais aussi la passion brûlante qui les liait autrefois…

L'été d'un prince, de Katrina Cudmore - N°4502
Journaliste passionnée, Toni Clarke a une opportunité formidable : interviewer Ivo, le très secret prince de Monrosa. Alors qu'elle est autorisée à l'accompagner sur sa propriété, une *finca* méditerranéenne qu'il habite au milieu des oliviers, elle découvre l'homme derrière le souverain. Et la passion entre ses bras… Coupés du monde, ils partagent des moments intenses et inoubliables, si bien que Toni se demande comment elle parviendra à renouer avec la réalité, si éloignée d'un conte de fées…

L'enfant d'un disparu, de Tara Pammi - N°4503

Priya est sous le choc. L'homme qui se tient devant elle n'est autre que son mari, qu'elle croyait mort huit ans plus tôt ! Revoir Christian bouleverse son univers tout entier. Car, si leur mariage est resté pour elle un mirage, leurs retrouvailles sont plus réelles que jamais. Malgré le doute et les questions qui l'assaillent, Priya sait qu'elle va devoir révéler à Christian que durant sa trop longue absence tous deux ont eu un enfant. Un fils qui aujourd'hui a besoin de son père…

La protégée du magnat italien, de Chantelle Shaw - N°4504

Parce qu'il connaît le monde impitoyable des affaires, Daniele a promis de veiller sur Paloma Morante, l'héritière d'un empire. Mais ses retrouvailles avec la jeune femme lui rappellent les raisons pour lesquelles il l'a tenue à distance si longtemps. Audacieuse et sexy, sa protégée est la tentation incarnée ! Or s'il lui a proposé de l'épouser c'est uniquement pour assurer sa sécurité, de jour comme de nuit…

Éprise d'un aristocrate, de Rebecca Winters - N°4505

Embauchée pour rénover une fabuleuse demeure de Provence, Camille tombe immédiatement sous le charme de Raoul Fontesquieu, le maître des lieux. L'homme est toutefois hors de sa portée. Non seulement il vient de se découvrir un fils auquel il souhaite se consacrer pleinement mais, surtout, il est issu de l'aristocratie. Si deux mondes les opposent, Camille et Raoul se rapprochent pourtant, corps et âme, jusqu'à douter de pouvoir vivre l'un sans l'autre…

Un cheikh envoûtant, de Pippa Roscoe - N°4506

SÉRIE : *PRÉCIEUX HÉRITAGE* - 2/3

Star Soames s'est donné une semaine pour chercher au royaume de Duratra la mystérieuse clé qui la mènera aux bijoux disparus de sa famille. Or, alors que sa quête la conduit au palais royal, elle y fait la connaissance d'un sublime inconnu, dans les bras duquel elle s'autorise une nuit de passion. Quelle n'est pas sa stupeur de découvrir le lendemain qu'il n'est autre que Khalif al-Azhar, l'héritier du trône ! Envoûtée par son aura magnétique, Star accepte de le suivre dans le désert…

Le baiser du Cap, de Joss Wood - N°4507

SÉRIE : *SCANDALE EN AFRIQUE* - 1/3

« Si je t'embrasse, il n'y aura pas de retour en arrière possible... » Face au sublime Radd Tempest-Vane, Brin retient son souffle. Jamais elle n'a été aussi troublée par un homme, or celui-ci s'avère être son employeur ! Recrutée par Radd pour parer de fleurs le Kagiso Lodge, sa luxueuse villa sud-africaine qui abritera le mariage de l'année, Brin doit garder son sang-froid. Ce contrat pourrait en effet lancer sa carrière, ou la briser si elle perd la raison dans les bras de ce milliardaire qui lui sera à jamais interdit...

La reine du Nabhan,
de Julieanne Howells - N°4508

Pour prouver l'innocence de son frère, Lily est prête à tout – et même à se faire passer pour la fiancée de Khaled, futur roi du Nabhan. Certes, elle n'a rien d'une princesse, mais elle n'aura aucun mal à feindre d'être amoureuse de Khaled, alors que celui-ci la bouleverse d'un seul regard. Mais tandis que tous deux se rapprochent, jusqu'à succomber à la passion dans les bras l'un de l'autre, Lily comprend qu'elle a mis en danger son cœur en prenant part à ce jeu si troublant...

Entre les bras de Marco Ferranti,
de Kate Hewitt - N°4509

Marco Ferranti lui propose de l'héberger pour la nuit ? Malgré le calme qu'elle s'efforce d'afficher, Sierra sent une puissante fureur monter en elle. Cet homme arrogant et imbu de lui-même croit-il vraiment qu'après l'avoir humiliée de la pire des façons – en obligeant son père à la déshériter à son profit – il va pouvoir la mettre dans son lit ? C'est tout simplement hors de question ! Pourtant, alors que les inondations qui touchent la Sicile l'empêchent de repartir, Sierra se voit contrainte d'accepter. Mais elle se tiendra sur ses gardes, elle s'en fait la promesse. Car elle n'a pas confiance en Marco et ne peut se fier aux sentiments contradictoires qu'elle a toujours éprouvés pour lui...